L'enfant caché

Roberto Andò

L'enfant caché

Traduit de l'italien
par Jean-Luc Defromont

Liana Levi

Titre original : *Il bambino nascosto*

ISBN : 979-10-349-0395-5

www.lianalevi.fr

J'ai bien peur de ne jamais avoir vraiment vu Naples,
ni la réalité en général.

Anna Maria Ortese

Jérémie qui, voyant des traces d'enfants,
se jeta au sol et les baisa.

Elias Canetti

1

Nu comme un ver, Gabriele Santoro prit son temps pour choisir la poésie adaptée à cette malodorante matinée de fin d'été, le regard rivé sur une petite tache jaunâtre au milieu du mur. Depuis quelques années, il avait pour coutume de déclamer des vers en se faisant la barbe, une liturgie que lui avait involontairement suggérée un célèbre neurochirurgien.

Un soir, lors d'un dîner chez des amis, il avait tendu l'oreille pour capter ce que le médecin chuchotait à sa voisine de table, une flamboyante trentenaire qui cherchait ostensiblement à chatouiller l'exubérante lascivité de son interlocuteur. Le grand ponte lui décrivait les exercices de mémoire auxquels il avait l'habitude de se livrer pendant qu'il se rasait – comptines, livrets d'opéra, chants de l'*Énéide* ou du *Roland furieux*. Il vantait leurs effets bénéfiques sur l'esprit et allait jusqu'à théoriser que cette discipline activait des neurotransmetteurs comparables à la dopamine, avec de prodigieuses répercussions sur l'humeur.

Dès lors, Gabriele Santoro avait entrepris de relire ses poètes préférés et de réciter leurs vers par cœur, d'une voix feutrée ou solennelle, selon l'auteur ou la métrique.

Ce matin-là, il choisit un poème de Constantin Cavafis, *Ithaque*, et jugea de circonstance un ton d'intimité téméraire, dans le style de Salvo Randone, ce comédien qu'il avait eu le loisir d'applaudir et d'admirer à la fin de sa glorieuse carrière. Il se campa devant le miroir pour adresser les vers à son reflet, comme chaque jour, et se mit à les réciter dans un murmure :

Quand tu prendras le chemin d'Ithaque,
souhaite que la route soit longue,
pleine d'aventures, pleine d'enseignements.
Les Lestrygons et les Cyclopes,
tu ne les rencontreras pas, ni l'irascible Poséidon,
si tu ne les transportes pas dans ton âme,
si ton âme ne les fait pas surgir devant toi.

Il fut interrompu par le son grave et plaintif de l'interphone. Le visage encore barbouillé de mousse, il se pressa vers l'entrée pour décrocher le combiné. Une voix de baryton annonça qu'il y avait un colis pour lui. Il ne répondit pas tout de suite, pensant d'abord à une erreur. Puis la partition commandée dix jours plus tôt – les *Études symphoniques op. 13* de Schumann – émergea d'une couche opaque de sa mémoire. Il appuya sur le bouton déverrouillant la porte de l'immeuble, ouvrit en grand celle de son appartement et se rua dans la salle de bains, où il s'aspergea frénétiquement le visage d'eau. Il se hâta ensuite de revenir sur le palier, à temps pour voir la masse encombrante du coursier sortir de l'ascenseur.

Fidèle à cette étrange règle qui lui imposait de s'en tenir à un silence rigoureux avec les inconnus, Gabriele esquissa un vague salut et signa le bon de livraison. Il échangea un dernier signe d'entente avec Santino – son diminutif figurait sur un badge épinglé au revers de sa veste – et laissa celui-ci descendre l'escalier d'un pas lent.

Sa porte refermée, il défit le paquet avec l'impatience qu'il avait, enfant, à déballer les cadeaux de ses parents. Un *crescendo furioso* que seul apaisait l'acte de la possession, mitigé toutefois par le surgissement d'un subtil quoique dévorant sentiment de déception commun à tous ceux que leur nature porte à privilégier la phase de l'attente sur celle de l'accomplissement.

De retour dans la salle de bains, il examina sur ses joues et son menton les parties rasées de frais, lisses et polies, qui contrastaient avec les zones encore mangées par une ombre de barbe grise et rêche. Après avoir de nouveau couvert de mousse le bas de son visage, il recommença de se raser et, en même temps, de déclamer :

Garde toujours Ithaque présente à ton esprit.
Y parvenir est ta destination finale.
Mais ne te hâte surtout pas dans ton voyage.
Mieux vaut le prolonger pendant des années ;
et n'aborder dans l'île que dans ta vieillesse,
riche de ce que tu auras gagné en chemin,
sans attendre d'Ithaque aucun autre bienfait.
Ithaque t'a offert ce beau voyage.
Sans elle, tu n'aurais pas pris la route.
Elle n'a rien de plus à t'apporter.

C'était vrai : qu'attendre de plus ? Il s'attarda sur cette question délicate et se laissa emporter par le souvenir d'un été à Patmos, bien des années auparavant. La chaleur, pourtant insupportable, ne lui avait causé aucun désagrément ; au contraire, les heures et les minutes de ces journées asphyxiantes s'étaient écoulées dans une plénitude affranchie de toute anxiété ou fatigue. Peut-être était-ce à cette attente-là que le poète faisait allusion. Plutôt que de magnifier le voyage en relativisant l'importance de la destination – un message que Gabriele avait toujours trouvé banal et agaçant –, il était crucial de se rebeller contre le chantage du temps : on ne pouvait atteindre cet objectif qu'en se gardant des obligations, en vivant comme si l'on avait déjà disparu. L'existence est une terrible succession de déceptions, telle est notre Ithaque. Garder l'ennui à distance et soustraire notre respiration au contrôle des gardiens du temps, tout le secret de la vie est là.

« On ne saurait se nourrir seulement de temps, sans manger de la mort. » Cette pensée, plus juste que jamais, lui était chère, et ce n'était pas un hasard si elle était née sous la plume d'une femme de génie.

La phase suivante, celle de l'habillement, se conforma à un rituel immuable requérant autant de soin que de sobriété, un mélange qui semblait inné chez le maestro. Tandis qu'il boutonnait ses poignets de chemise, un bruit provenant de son bureau attira son attention comme aiguisée par l'intuition de la grande surprise que la journée lui réservait. Une fenêtre était-elle restée ouverte ? Dès qu'il franchit le seuil de la pièce, il constata avec étonnement la présence d'un livre sur le sol. Il se pencha pour l'examiner – il s'agissait d'une édition illustrée de *Kim*, le roman de Rudyard Kipling – puis balaya l'espace du regard pour tenter de comprendre ce qui avait pu entraîner sa chute. Il ne trouva aucune explication plausible et fut envahi par un sentiment de malaise auquel il ne donnerait qu'a posteriori le nom approprié de prémonition.

Ce fut alors qu'il entendit sonner à la porte. Coulant un regard par l'œilleton, il avisa sur le palier la silhouette efflanquée, reconnaissable entre toutes, de son accordeur, auquel il avait téléphoné quelques jours plus tôt pour l'implorer de venir à son secours : une fuite d'eau l'avait en effet contraint à déplacer son piano du bureau à l'entrée et il avait constaté, lorsqu'il avait enfin pu le remettre à sa place, que les harmoniques de certaines cordes étaient faussées.

L'accordeur, qui répondait au nom de Nunzio, était si anguleux (tant au physique qu'au moral, du reste) qu'on l'eût dit taillé à la serpe. Sa voix rauque et haletante d'emphysémateux le faisait paraître plus dur qu'il ne l'était.

Le maestro le conduisit sans plus de cérémonie devant son Steinway d'occasion acheté à crédit. Comme toujours, l'homme commença par demander la permission de fumer, et Gabriele, comme toujours, la lui accorda. Après avoir allumé avidement sa Chesterfield sans filtre, Nunzio ouvrit sa mallette et en tira une série d'outils mystérieux, une clé en étoile, un coin et un diapason. Puis, de ses yeux marqués par une sérieuse dégénérescence maculaire, il examina l'ordre qui régnait dans la pièce tapissée de livres et lui demanda à quoi était dû ce profond silence.

– C'est toujours tranquille à cette heure-ci, se contenta de répondre le maître de maison, un peu étonné.

Puis il se dit que l'accordeur essayait peut-être de lui faire comprendre qu'il voulait rester seul. Il quitta le bureau, conformément à un ancien pacte passé entre eux.

Resté seul, Nunzio se mit au travail. De la pièce voisine, Gabriele entendit la déchirure soudaine d'un accord augmenté, puis une note tenue, puis une septième vaguement dissonante.

Deux heures plus tard, l'accordeur réapparut avec sa mallette et annonça qu'il avait fini.

– Vous vivez seul ? hasarda-t-il.

– Oui.

Le maestro se demanda pourquoi il souriait.

– Pas moi, reprit Nunzio. J'ai un chat. Depuis quelques années déjà. Et je dois dire qu'il me tient bien compagnie. Pourquoi vous n'en prenez pas un, vous aussi ?

En proie à une agitation fugace, Gabriele passa en revue les diverses raisons pour lesquelles il ne l'avait jamais envisagé. Dont son allergie. Puis il se leva brusquement.

– Combien vous dois-je ? demanda-t-il sur un ton cassant, bien que ce ne fût pas là son intention.

– Rien. Cette fois, je ne vous fais pas payer, répondit l'accordeur d'une voix tranquille avant de se diriger vers l'entrée.

– Pourquoi ? s'enquit le maestro, très surpris.

– Par sympathie, murmura Nunzio.

Sur ce, il ouvrit la porte de l'appartement et s'éclipsa.

Gabriele resta interdit à s'interroger sur la raison de cette faveur imméritée, puis, songeur, se dirigea vers son piano et entreprit de jouer l'une des *Douze Études pour piano* de Debussy. Réconforté par la douceur du timbre, il consacra le reste de la journée à l'étude de la partition de Schumann, interrompue par deux longues conversations téléphoniques, l'une avec son père, l'autre avec un collègue particulièrement pédant, l'enseignant de technique du contrepoint, un pauvre homme qui, bien qu'il fût sur le point de prendre sa retraite, continuait à élaborer de vaines stratégies pour amadouer ses élèves.

Vers huit heures, alors qu'il se préparait des pâtes *alla puttanesca*, l'attention du maestro fut attirée par des bruits trahissant une animation insolite dans la rue. Il s'approcha de la fenêtre et vit des hommes aller et venir devant l'immeuble, visiblement nerveux. Ils finirent par se planter en petit groupe devant la statue de la Madonnina. Leurs conciliabules s'envenimaient par intermittences, jusqu'à ce que l'un d'eux, un individu maigre d'apparence malpropre, s'employât à les apaiser : il parvint à les séparer et à convaincre ceux qui se querellaient de se donner l'accolade ou de s'embrasser en gage de paix retrouvée.

« Il a dû se passer quelque chose de grave », se dit Gabriele, habitué aux incursions occasionnelles de bandes de jeunes – voire très jeunes – délinquants dans le quartier. Peu après, voyant le petit groupe se disperser, il tira le rideau et s'en alla manger sa demi-portion de spaghettis, l'*Octuor en fa majeur D. 803* de Schubert en fond sonore.

Il avait coutume de se préparer à l'écoute par une sorte de somnolence, les yeux mi-clos, tourné vers lui-même, imperméable à la succession mouvante et imprévisible des phénomènes extérieurs. Abandonné à la musique, happé par elle, il se libérait enfin de son moi et de sa propension hypertrophiée au raisonnement.

Dans cet état limpide d'évanescence sensorielle – qu'on pourrait rapprocher, par une figure de style, d'un lac sans rides –, Gabriele entrevit soudain une ombre bouger derrière le canapé. Tandis qu'il se demandait s'il s'agissait d'un fantôme convoqué par le génie de Schubert ou d'une illusion engendrée par sa fatigue, un garçonnet vêtu de façon ordinaire apparut devant lui. Les cheveux noirs et courts, le teint clair et les yeux bleus. Ceux-ci, au regard intense, le toisaient avec une assurance d'adulte, bien que son apparence ne permît pas de lui donner plus de dix ans.

Tous deux se dévisagèrent pendant un long moment. Puis Gabriele se leva pour éteindre le lecteur de CD d'un geste brusque, privant soudain cette situation insolite du pathos de la musique. Ce fut alors qu'il décela dans les yeux de l'intrus une peur qui lui avait échappé jusque-là. Il comprit avec inquiétude que cet importun se cachait peut-être chez lui depuis des heures. Ce fut la première question qu'il lui posa :

– Ça fait combien de temps que tu es là, Ciro ?

Oui, il connaissait son prénom. Le garçon était le fils cadet du locataire du dernier étage, Carmine Acerno, un type dont il ignorait tout, même son métier. Il n'avait jamais eu le moindre contact avec le couple mais avait toujours été attiré par cet enfant, intrigué par la grâce tranquille, presque réfléchie, de ses mouvements, en contraste total avec la vulgarité de ses frères.

Un matin, en sortant, il l'avait trouvé en larmes sur le palier. Attentif à ne pas l'effrayer, il s'était approché pour lui demander ce qui s'était passé. Le petit avait balbutié une phrase incompréhensible avant de prendre la fuite. Une autre fois, Gabriele l'avait épié en train de jouer dans l'escalier et avait pu admirer l'imagination fertile qui lui permettait d'entretenir tout seul une longue conversation avec des amis imaginaires. Lui aussi, au même âge, il avait l'habitude de passer la plupart de ses journées en compagnie de personnages de fiction. En un certain sens, son enfance n'avait été qu'une grande solitude peuplée de présences inventées.

– J'suis là depuis c'matin qu't'étais en pyjama, répondit soudain Ciro, qui ne faisait rien pour dissimuler sa peur.

Ils ne s'étaient jamais parlé, mais Gabriele ne fut pas étonné que l'enfant le tutoyât et s'exprimât dans la langue qui lui était la plus familière, le napolitain.

Ciro s'était donc introduit chez lui très tôt – profitant sans doute du court laps de temps pendant lequel la porte était restée ouverte, tandis que le maestro se rinçait le visage dans sa salle de bains pour accueillir le coursier. Gabriele tenta de se rappeler ce qui s'était produit à ce moment-là tout en passant en revue les épisodes ultérieurs, fort confus dans son esprit, soucieux d'identifier d'éventuels gestes intimes que le regard de cet intrus avait pu intercepter.

– Faut m'aider, murmura Ciro.

– Comment ça ?

– Faut qu'tu m'caches.

Il s'approcha. S'apercevant qu'il tremblait, Gabriele fut lui aussi parcouru d'un frisson mais dissimula son trouble, selon son caractère.

– Et de qui dois-tu te cacher ? hasarda-t-il.

Le visage de l'enfant s'assombrit et deux grosses larmes perlèrent dans ses yeux.

Ce fut à cet instant précis – de façon tout à fait insolite, car il était dix heures du soir – qu'ils entendirent sonner à la porte.

– Cache-moi, supplia de nouveau Ciro.

Sans répondre, Gabriele l'entraîna jusqu'au séjour, où le garçon, sur ses indications, se cacha dans la soupente au-dessus de la bibliothèque.

Le maestro courut regarder par le judas et, à sa grande surprise, avisa l'un de ses anciens élèves sur le palier : Diego, qui avait étudié sous sa direction quelque temps auparavant, mais pendant deux ans seulement. C'était du reste lui qui l'avait affublé de ce surnom que tous avaient ensuite repris dans le quartier : *maestro*. Gabriele le vit faire des gestes nerveux pour exhorter un individu assis sur les marches de l'escalier à s'éloigner. Après s'être fait prier, celui-ci se leva avec indolence, vint chuchoter quelque chose à son oreille puis se retira. Gabriele attendit encore quelques instants, durant lesquels il vit son mystérieux visiteur rentrer sa chemise dans son pantalon et ajuster le complet couleur crème dans lequel il était sanglé. Lorsqu'il se résigna enfin à entrebâiller sa porte, Diego approcha son visage de la fente étroite.

– Je vous dérange ? Comment allez-vous ? demanda-t-il avec un sourire exagéré. J'étais près d'ici chez des amis et j'ai eu l'idée de vous rendre visite.

Le maître de maison le salua d'un vague signe de tête et tenta, en étudiant sa physionomie empreinte de fausseté, de se rappeler la dernière fois qu'il l'avait vu : oui, c'était le jour où Diego était venu lui annoncer sa décision de quitter le conservatoire. Son regard était encore plus fuyant qu'à l'époque.

– Je travaille, les leçons commencent dans quelques jours, murmura Gabriele, dont le ton trahissait un désir de couper court.

Mais le visiteur, que n'étouffaient pas les scrupules, coula un regard vers l'intérieur de l'appartement et, avec la désinvolture qui lui était propre, sourit de nouveau en demandant :

– Vous ne m'accordez même pas une petite minute ?

Mis au pied du mur, le maestro le laissa passer et entrer dans le séjour, où il lui fit signe de s'asseoir. Mais le jeune homme déclina son offre et resta debout, lançant un coup d'œil indiscret en direction du couloir menant à la salle de bains et à la chambre.

– Vous avez un très bel appartement, dit-il avec affectation. Je ne m'en souvenais pas.

– Merci, répliqua Gabriele, incertain sur la conduite à adopter.

– Je vous dois beaucoup, vous m'avez fait comprendre le sens de la musique.

Le maestro répondit à cette flatterie mielleuse par un vague signe d'assentiment.

– Et maintenant, de quoi t'occupes-tu ? s'enquit-il.

– Je gère des restaurants. Je ne peux pas me plaindre.

Ils restèrent quelques instants à s'étudier dans un silence gêné, vite interrompu par une question inattendue de Diego :

– Je peux vous demander un verre d'eau, si ça ne vous dérange pas ?

Sans broncher, Gabriele se dirigea vers la cuisine tout en essayant de garder son élève à l'œil, autant que faire se pouvait.

De la soupente, l'enfant – qui avait suivi toute la conversation par un interstice – vit Diego s'introduire tel un voleur dans la chambre et la salle de bains. Peu après, il le vit retraverser le séjour et se diriger d'un pas rapide vers la cuisine, où il surgit tel un fantôme, cueillant par surprise le maestro au moment où il refermait la porte du réfrigérateur. Ce dernier suspendit son geste et esquissa un sourire.

– Qu'y a-t-il, Diego ? J'allais t'apporter ton verre d'eau.

– Je voulais vous épargner cette peine.

– *Cette peine ?* Tu veux rire, j'espère…

Le jeune homme avala le liquide d'un trait et en fit couler un peu sur sa chemise.

– Elle est bien fraîche, commenta-t-il.

Il s'essuya la bouche d'un revers de main et s'autorisa une autre question :

– Et où est votre piano ?

Comprenant que son visiteur voulait jeter un coup d'œil au bureau, Gabriele, après un calcul rapide, décida qu'il valait mieux le contenter et lui fit signe de le suivre. Rassuré de voir que cette pièce aussi était déserte, Diego hasarda une autre requête :

– Vous me joueriez le morceau que vous m'avez fait écouter la dernière fois que je vous ai rendu visite ? « Rêves » de Schumann.

Le maestro se demanda comment il avait pu exécuter pour quelqu'un d'aussi dur de la feuille cette pièce – « Träumerei », la septième des *Kinderszenen* – qu'il réservait en général à ceux qui faisaient preuve d'un minimum de talent. Toutefois, après un instant de réflexion, il s'assit sur le tabouret du Steinway et, dans un silence attentif, joua de mémoire les premières phrases du morceau. Puis il s'arrêta net et vérifia d'un coup d'œil l'expression de son visiteur – un sourire inepte de satisfaction – avant de rabattre le couvercle du piano.

– Cette musique laisse vraiment sans voix, commenta l'ancien élève.

– Et c'est tant mieux, répliqua le maestro avec perfidie.

Puis, se levant sous le regard ébahi de Diego, il ajouta :

– Puis-je faire autre chose pour toi ?

Le jeune homme lui tendit la main, embarrassé :

– Et que pourriez-vous faire de plus ? C'était un immense plaisir de vous revoir, excusez-moi encore pour l'heure, et merci pour votre accueil.

Il prit congé et Gabriele courut libérer Ciro. Soulevant la trappe de la soupente, il le vit recroquevillé sur le sol, pâle et effrayé. Il lui toucha le front, qu'il trouva brûlant. Il le porta jusqu'au bureau, déplia le canapé-lit et lui fit signe de s'étendre. Quand il prit sa température, il s'aperçut que le petit tremblait. Une minute plus tard, le mercure du thermomètre indiquait 39,5 °C. Pour faire baisser la fièvre rapidement, il aurait fallu lui administrer un cachet d'aspirine, mais Ciro n'avait rien avalé depuis le matin. Alors le maestro se précipita dans la cuisine et ouvrit le réfrigérateur pour voir ce qu'il pouvait lui préparer. Mais il n'avait guère le choix : à part un minestrone surgelé, il n'y avait rien.

Ce fut alors qu'il entendit des cris provenant de la cour. Regardant dehors, il vit Carmine Acerno vitupérer contre trois personnes, dont Diego. Il n'arrivait pas à distinguer ce que disait le père de Ciro, mais son ton était à l'évidence altéré. Au bout d'un moment, il le vit s'approcher de son ancien élève, l'attraper par le col de sa chemise et, d'un geste foudroyant, le gifler. Les autres restèrent immobiles, avec l'air résigné de ceux qui attendent leur tour. Mais, tout compte fait, ce traitement n'était réservé qu'à Diego. En effet, les membres de cette étrange compagnie ne tardèrent pas à s'égailler, à l'exception de Carmine, qui s'attarda un peu dans la cour avant de se diriger vers la porte cochère. Il leva soudain les yeux et surprit le regard de Gabriele. Ils se toisèrent pendant quelques instants, puis le maestro battit en retraite.

Les mêmes choses
vont se produire, et se reproduiront encore –
pareils sont les instants qui nous trouvent et nous quittent.

Constantin Cavafis

2

Du fauteuil de son bureau, Gabriele Santoro veilla l'enfant toute la nuit, s'approchant de temps en temps pour le border et suivre l'évolution de la fièvre. Il l'entendit plusieurs fois gémir dans son sommeil. Lorsqu'il s'aperçut que sa température s'élevait de nouveau, il lui posa une compresse humide sur le front.

Le garçon ouvrit les yeux. Profitant de ce moment de faiblesse et tourmenté par la soif de savoir, le maestro lui demanda pourquoi il s'était enfui. Mais Ciro, telle une énigme incarnée, se retrancha une fois de plus dans un silence impénétrable. Résigné, Gabriele attendit qu'il fermât les yeux et en fit de même pendant quelques instants.

Il finit par céder à l'épuisement vers cinq heures. Son repos fut de courte durée, car sa montre marquait sept heures moins dix quand il se réveilla. Il toucha le front de l'enfant endormi et le trouva plus frais.

Soulagé, il se rendit dans la salle de bains pour se livrer à ses ablutions avec une lenteur et une maniaquerie encore plus marquées que d'habitude, si c'était possible. Il appliqua la mousse à raser sur le bas de son visage et se regarda dans la glace, mais aucun vers ne lui vint à l'esprit, pas même de Cavafis. C'était comme si la poésie du monde s'était tue tout d'un coup. L'expression aussi intense qu'indéchiffrable du garçon le hantait, la supplication muette de ses yeux. Que voulaient-ils, de qui avaient-ils peur ? Et pourquoi lui-même, Gabriele Santoro, s'était-il prêté à l'accueillir chez lui ?

Il fit glisser la lame sur sa peau et savoura une sorte de ralentissement temporel, comme si le monde avait soudain cessé de tourner, comme si l'effroi de l'enfant et son propre besoin de comprendre s'étaient dissipés dans cette suspension. Un prodige que, d'ordinaire, seule la musique parvenait à accomplir. Rassemblant le temps en un geste infiniment complexe, ces instants remodelaient le sens de ce qui était advenu et le mêlaient au présage de ce qui allait – ou pourrait – advenir.

Quand il eut fini de se raser, le maestro se rinça le visage et s'aperçut qu'il saignait. Une petite entaille sous la lèvre inférieure, une bagatelle.

S'astreignant au rituel d'une matinée normale, Gabriele passa d'abord au kiosque de Mariano pour acheter le journal. Il comptait mentalement l'argent qu'il lui devait – ils avaient un accord mensuel et la fin de septembre était arrivée – lorsqu'un type s'approcha et murmura quelques mots à l'oreille du marchand avant de lui empoigner la tête et de la serrer avec force entre ses mains, un geste apparemment affectueux qui contenait aussi une menace larvée. Puis il s'éloigna.

Restés seuls, Mariano et Gabriele échangèrent un coup d'œil qui, vu leur familiarité, n'aurait pas nécessité de commentaire. Mais ce matin-là, le maestro aspirait à davantage de clarté et, décelant une ombre de peur sur le visage de l'homme avec lequel il avait coutume de commencer ses journées depuis vingt ans, il lui demanda ce qui n'allait pas. Le kiosquier ne répondit pas tout de suite. Il empocha l'argent, sortit de son édicule, vint à sa rencontre sur la place déserte et s'arrêta pour le dévisager. Gabriele l'entendit alors marmonner tel un ventriloque :

– Y a l'fils de Carmine Acerno qu'a disparu, Ciro. Ils fouillent partout comme des fous pour l'trouver. Et ils m'cassent les couilles comme si j'avais qu'ça à faire, surveiller tout leur sale micmac.

Gabriele se contenta d'acquiescer puis, avec un zeste de désinvolture, s'enquit :

– Comment ça, il a disparu ?

– Il s'est enfui.

Telle fut la réponse lapidaire de Mariano. Le pouls du maestro accueillit avec une petite accélération la neutralité apparente de l'information.

– Pourquoi ? ajouta-t-il imprudemment.

Cette nouvelle offensive était audacieuse, car la philosophie du quartier – il en était bien conscient – n'admettait pas un tel surcroît de curiosité. Du reste, le marchand de journaux écarta les bras avec une expression désolée d'impuissance.

Entre-temps, une pluie battante s'était mise à tomber. Les deux hommes se saluèrent sans rien ajouter. Mariano se réfugia à l'abri de son kiosque tandis que le maestro, qui n'avait rien pour se protéger, se dirigea vers un bar sans se soucier des trombes d'eau déversées par le ciel, comme si elles avaient le pouvoir de le laver de son inquiétude.

Le voyant trempé et manifestement perdu, la jeune femme qui servait au comptoir lui tendit un rouleau de papier absorbant et l'invita d'un geste à aller s'essuyer. Gabriele la remercia d'un sourire et, pour ne pas la décevoir, se rendit aux toilettes, exiguës mais d'une propreté surprenante. Reflété par le minuscule miroir rond, son visage incongru lui évoqua une épave remontée des abysses de la mer. Il détacha une feuille et la posa sur sa manche mouillée. Ce fut alors que la voix rauque d'une femme lui parvint de l'autre côté du mur :

– La vieille, racontait-elle, elle s'est cassé l'fémur et elle s'est cogné la tête, même qu'elle est à l'hôpital Cardarelli avec un pronostic réservé, qu'ils disent. Elle a un pied dans la tombe, quoi. Et Ciro, faut que Carmine l'retrouve. Rosario, le fils d'Amitrano, ils l'ont déjà chopé.

Puis, comme rappelée à l'ordre par son interlocuteur, elle baissa le ton et ses propos se réduisirent à un chuchotement incompréhensible. Collant son oreille contre la cloison pour capter d'autres bribes de conversation, le maestro entendit soudain un bruit de chasse d'eau suivi du grincement d'une poignée, puis les pas de deux personnes s'éloignant. Il attendit quelques secondes avant de sortir, juste à temps pour voir deux femmes s'encadrer dans l'embrasure de la porte. Il reconnut en l'une d'elles la mère de Ciro. Il revint alors au comptoir et commanda un café.

Après avoir quitté le bar, il poussa jusqu'au supermarché, toujours avec la même lenteur hypnotique. Il y fit son entrée, si dégoulinant de pluie que tout le monde se retourna pour le regarder, à commencer par la caissière fouineuse, cette harpie qui se mêlait chaque fois de son régime.

Comme si de rien n'était, il se dirigea vers le rayon des biscuits et en choisit de deux sortes, ceux au chocolat et ceux saupoudrés de sucre, puis il prit un pot de confiture d'oranges bio, un pack de lait, du fromage à tartiner, quatre biftecks, un peu de ricotta, des tomates, deux mozzarelles, des fruits, un sachet de chips, quatre canettes de Coca-Cola et enfin du pain.

– Vous avez du monde ? s'enquit la caissière avec son indiscrétion coutumière.

– Non, je fais quelques provisions, répondit le maestro avec assurance, je vais avoir des cours à préparer dans les jours à venir et je ne crois pas avoir le temps de sortir.

– Ah, se contenta-t-elle de dire en commençant à scanner les articles.

Mais elle s'arrêta en arrivant au fromage à tartiner :

– Ça, vous feriez mieux de laisser tomber, d'ailleurs c'est pas bon pour la santé, j'ai vu une émission où ils racontaient ce qu'on met dedans, même des talons de vieilles chaussures, il paraît…

Sans mordre à l'hameçon, Gabriele lui adressa un de ses sourires timides tout en lui intimant d'un geste de compter l'article.

Peu après, il croisa sous le porche de son immeuble un autre locataire, Gaudenzi, un homme affable qui travaillait à la poste, qu'il salua au passage. L'ascenseur, dont la porte était encore ouverte, semblait l'attendre. Il s'en approcha, les mains encombrées de sacs, et s'aperçut qu'il contenait déjà un passager : Carmine Acerno, le père de Ciro.

Il ne l'avait jamais vu d'aussi près. Ils s'étaient déjà croisés auparavant, mais en coup de vent, toujours dans la rue. L'homme, d'une cinquantaine d'années, avait un visage glabre et rond. Il semblait plongé dans une torpeur permanente et inexplicable.

Comme les autres fois, ils se saluèrent d'un signe de tête presque imperceptible tandis que la porte se refermait. Le maestro appuya sur le bouton de son étage, le quatrième. Comme il ne voulait pas tourner le dos à son voisin, il se retrouva nez à nez avec lui et perçut même son odeur âcre. L'autre le dévisageait comme s'il voulait radiographier son âme. Il avait la tête de quelqu'un qui n'a pas fermé l'œil de la nuit ; de même que le maestro, du reste.

Dans une tentative pour masquer son malaise évident, ce dernier se mit à battre la mesure, tel un métronome, comme pour calculer le temps que cet ascenseur d'une lenteur exaspérante mettait à effectuer le trajet. Quand il ne fut plus capable de soutenir le regard de Carmine, il tourna la tête vers le miroir, qui lui renvoya l'image de son front en nage, de sa mine hagarde.

Un déclic signala l'arrivée de la cabine à son étage et le maestro, le cœur battant la chamade, put enfin sortir. Mais, en vrai perfectionniste désireux de se montrer en pleine possession de ses moyens, il adressa à son compagnon de voyage un signe de tête cérémonieux avant la fermeture des portes.

Une fois chez lui, il posa ses sacs par terre et se hâta de chercher l'enfant, qui n'était pas dans le bureau. « Il doit être dans la cuisine », pensa-t-il. Mais après avoir inspecté, très agité, l'appartement tout entier, soupente comprise, il dut se rendre à cette navrante évidence : Ciro était parti.

Incrédule, il s'approcha de la fenêtre. Sur la place, à part deux individus qui discutaient, il pouvait voir les autres fils de Carmine jouer au ballon, ainsi que le buraliste et le boiteux, un type qui fumait depuis toujours ses cinq cigarettes quotidiennes devant l'entrée. Personne d'autre.

Accablé mais aussi soulagé, Gabriele se laissa tomber dans le fauteuil de son bureau et continua à spéculer sur la situation jusqu'à onze heures. Il présuma que le petit était rentré chez ses parents et que ceux-ci l'avaient accueilli avec bienveillance – une hypothèse qu'il ne trouvait qu'à moitié convaincante. Pour dissiper sa nervosité, il mit à plein volume un de ses disques préférés, la *Sonate en la majeur pour violon et piano* de César Franck, interprétée par David Oïstrakh et Sviatoslav Richter. Soudain, pendant l'allegretto, le son insistant de la sonnette résonna dans l'appartement, une fois, deux fois, trois fois.

Le maestro courut regarder par l'œilleton. Personne. Il avait déjà tourné les talons quand il entendit frapper furieusement à la porte. Il se hâta d'ouvrir et se retrouva face aux yeux enfoncés de Ciro, qui le toisait d'un air de défi. Affolé, il l'attira à l'intérieur et, avant de refermer, se pencha pour vérifier que personne ne les avait épiés.

Après quoi, réprimant tant bien que mal sa colère, il s'écria :

– Tu es fou ? Où étais-tu passé ?

L'enfant lui répondit tranquillement :

– J'te voyais plus alors j'ai cru qu't'étais allé chez mon père.

– Où est-ce que tu t'es caché ?

– À la loge du concierge, y a plus personne qui y habite, on y va tout l'temps avec Rosario.

– Qui est Rosario ?

– Mon pote, Rosario Amitrano.

Ils restèrent silencieux et hostiles pendant tout le reste de la matinée. Mais vers deux heures, l'enfant s'approcha pour déclarer qu'il avait faim. Le maestro, sans desserrer les dents, fit cuire deux biftecks et prépara une salade de tomates – une collation qu'ils mangèrent sans piper mot, se contentant de se sonder du regard de temps en temps.

Le déjeuner terminé, Gabriele demanda une fois de plus à Ciro pourquoi il s'était sauvé. Et l'enfant, une fois de plus, resta muet. Le maestro ajouta :

– Je te signale que ton ami, le fils d'Amitrano, ils l'ont déjà attrapé. Si tu veux que je t'aide, tu as intérêt à me dire ce que vous avez fait.

À ces mots, le visage de l'intrus se figea dans une expression hautaine et impénétrable.

– Comment qu'tu l'sais ? demanda-t-il.

– Je le sais, répondit le maestro, laconique.

L'enfant se leva presque aussitôt et courut s'allonger sur son lit.

À quatre heures, en proie à une tension nerveuse insoutenable, Gabriele appela à contrecœur son magistrat de frère et sollicita un rendez-vous pour lui parler d'un cas bizarre dans lequel était impliqué l'un de ses amis. L'homme de loi observa un long silence avant de lui faire remarquer qu'ils ne s'étaient pas parlé depuis un an.

– Et tu m'appelles après tout ce temps pour me demander conseil au nom d'un de tes amis ? On devrait plutôt tirer nos propres affaires au clair, tu ne crois pas, Gabriele ?

Le maestro, qui s'attendait au ressentiment de son frère, était prêt à sacrifier une fois de plus à ce rituel inutile qui les portait épisodiquement à célébrer leur dissension en remâchant les mêmes questions vouées à rester sans réponse. Ainsi projetèrent-ils de se voir le lendemain près du Parquet, dans le quartier du centre administratif.

Gabriele passa une partie de la nuit à tenter de lire une biographie de Ravel, mais son regard revenait sans cesse se poser sur le garçon endormi, comme s'il pouvait, en observant son visage, résoudre son énigme indéchiffrable.

Le lendemain, au petit déjeuner, Ciro lui posa à brûle-pourpoint une question qui l'angoissa profondément.

– Qu'est-ce tu vas faire de moi ?

Il répliqua qu'il n'y avait pas encore réfléchi. En réalité, il n'avait fait que ça, mais l'enchaînement rapide des événements l'avait privé de la sérénité nécessaire pour concevoir un plan.

Un peu plus tard, il annonça à l'enfant qu'il allait faire une course. Ciro hocha la tête, résigné. Ils se saluèrent avec désinvolture, telles deux personnes qui cohabitent depuis longtemps. Sur le palier, le maestro se demanda s'il devait verrouiller la porte. Et décida que oui, bien qu'il se sentît comme un geôlier au moment où la clé tourna dans la serrure.

Les renseignements étaient faux
(ou nous les avons mal entendus, ou mal compris).

Constantin Cavafis

3

Il était bel homme, son frère, et un peu vaniteux. Gabriele Santoro s'arrêta sur le seuil du restaurant pour l'observer, comme s'il voulait le jauger une dernière fois avant d'aborder le sujet qui lui tenait à cœur. Le magistrat était occupé à écrire dans un carnet avec l'air solennel de quelqu'un qui se croit toujours au centre du monde.

– Salut, Renato, dit le maestro à voix basse.

Son frère se retourna lentement, en proie à un agacement mal dissimulé.

– Tu as vingt minutes de retard. Toujours le même manque de rigueur. Tu ne pourrais pas faire un effort, rien qu'une fois ?

Renato, bien qu'il fût son cadet, adoptait volontiers un ton paternaliste et rhétorique avec Gabriele. Ce dernier vérifia sa montre et s'assit, l'air sournois. Il répondit :

– « La ponctualité est une voleuse de temps », disait Oscar Wilde. En tout cas, je n'ai que dix minutes de retard. Ta montre avance un peu.

– Ne commence pas, s'il te plaît. Décide plutôt ce que tu veux manger. Moi, j'ai déjà commandé.

Renato passa le menu à son frère. Celui-ci se mit à l'étudier posément, tout en réfléchissant au meilleur angle d'attaque.

– Je crois que je vais me faire les pâtes aux pommes de terre, dit-il, et toi ?

– Pageot bouilli et haricots verts.

– Tu veux du vin ?

– Tu sais bien que je ne bois jamais le midi.

– Moi, en revanche, je vais prendre un petit pichet.

Quand Gabriele eut passé commande, les deux frères plongèrent dans le gouffre de leurs pénibles histoires de famille. Une vraie descente aux enfers. Griefs, accusations, ressentiments, blessures. Ils ranimèrent le théâtre bien rodé de la controverse familiale, qui offrait chaque fois sa trame à une dramaturgie improvisée à laquelle manquait toujours la scène finale. Renato, dans le rôle de l'homme responsable, assignait à Gabriele celui de l'irresponsable égoïste et asocial. Ce dernier l'écoutait avec flegme, esquivant ses imputations et ses rétorsions avec l'élégant détachement de quelqu'un qui connaît le texte par cœur et s'ennuie déjà depuis un moment. Puis, pour dissiper le lourd silence qui avait succédé à ce dialogue désagréable, le magistrat finit par demander à son frère la véritable raison de leur rendez-vous :

– Au fait, que veut cet ami dont tu me parlais au téléphone ?

Le maestro entreprit de raconter sa propre histoire de façon impersonnelle : untel, un de ses collègues, avait retrouvé un soir chez lui un enfant de dix ans en difficulté. Ce gamin, qui habitait le même immeuble, s'était caché là parce qu'il avait fait quelque chose de grave et craignait d'être puni. Sa plus grande terreur était d'être ramené à son père, que l'ami de Gabriele soupçonnait d'accointances avec la Camorra. Il avait gardé le petit chez lui mais cherchait le moyen de se sortir du pétrin dans lequel il s'était fourré. Que devait-il faire ? Le ramener à ses parents, que l'enfant avait fuis ? Ou le livrer à la police, qui lui dirait : « Cher monsieur, nous nous occupons de vrais délits, pas de conjectures. » Sans parler du fait que le commissariat en question était pour le moins coulant avec De Vivo, le caïd du quartier. Alors ? Comment pouvait-on l'aider ? Que suggérait la loi dans ce genre de cas ?

Après avoir raconté son histoire d'une traite et posé ses questions, Gabriele se tut, confiant, à l'écoute. Son frère, qui l'avait écouté d'un air énigmatique, finit par lui lancer un de ses regards glacés, à la Robespierre. Le maestro le connaissait très bien, ce regard. Il l'avait déjà subi en d'autres circonstances.

– Je ne crois pas un traître mot de ce que tu m'as raconté, répliqua Renato à voix basse. À mon avis, ce n'est pas à l'un de tes amis que cette histoire est arrivée, mais à toi, sauf que tu n'as pas le courage de le dire. Et tu as bien raison, parce que cette affaire, à l'évidence, pourrait entraîner ta perdition, mon cher Gabriele, ta per-di-tion.

Il s'arrêta sur ce mot et, après avoir laissé son regard errer sur la table, se versa par nervosité un peu de vin qu'il but d'un trait. Puis il reprit, baissant encore le ton :

– Tu es un inconscient, je le sais depuis longtemps, mais je ne pensais pas que tu irais si loin. Tu dois rendre cet enfant à sa famille illico, c'est la seule chose à faire. Sinon, tu risques d'être accusé de séquestration de mineur, et je t'avertis que la peine encourue va de trois à douze ans. En tout cas, je ne crois pas nécessaire de t'expliquer ce que feront les camorristes s'ils découvrent que c'est toi qui caches cet enfant. En as-tu idée ?

Gabriele laissa cette question menaçante glisser sur lui et se perdit en pensée dans une image : le visage de Ciro, son regard d'animal traqué. Il se rendait compte que ce qui lui arrivait était une folie, il était d'accord avec son frère sur ce point, mais il se sentait tout à fait indifférent quant aux possibles retombées de cette affaire. S'approchant de Renato pour sonder sa mine froide et sévère, il formula une question très simple, la seule qui comptait pour lui :

– Donc, pour la loi, ce gosse est fichu ?

Il eut le temps de capter l'agacement de son frère avant qu'un torrent de paroles ulcérées ne se déversât sur lui.

– Mais de quelle loi tu parles, Gabriele, de quelle putain de loi ? Celle que tu t'es inventée ? Comme si la loi était à ta disposition, un simple canevas sur lequel on brode. Parce que c'est de ça qu'on parle, d'une histoire inventée par un gamin à l'imagination fertile, dont tu ne sais rien. *Nullum crimen sine lege, nulla poena sine judicio, in dubio pro reo, audiatur et altera pars.* Ça ne te dit rien ? À quelle jurisprudence tu te réfères ?

– Et toi, Renato, le nom d'Antigone ne te dit rien ?

Le maestro s'arrêta, regrettant déjà d'avoir manqué à la promesse qu'il s'était faite de ne pas riposter.

– Et voilà. Il ne manquait plus qu'Antigone. Les gens comme toi ne peuvent pas s'empêcher de l'inviter dans la danse. C'est plus fort que vous, comme si un bal sans la reine des belles âmes n'en était pas un. Je vais te décevoir, Gabriele, mais pour moi, la loi, c'est justement celle de cet esprit obtus de Créon. Oui, ses efforts pour dépersonnaliser la sentence, pour mettre de l'ordre dans le chaos, je les trouve plus utiles, plus concrets et plus humbles que la soif de pureté d'Antigone. C'est ça, la justice : chercher en toute humilité à mettre de l'ordre dans le chaos, à éclairer les ténèbres où nous sommes plongés avec la faible lanterne dont nous disposons, et non avec la lumière de l'absolu – ça, c'est de la littérature.

Ils se turent et, dans la profondeur de ce silence hostile, Gabriele repensa à Ciro.

S'efforçant d'imaginer ce qu'il faisait au même moment, il se demanda s'il avait encore peur. À partir de là, il remonta jusqu'à Abraham et son fils Isaac avant d'en arriver, dans un vertige insensé, à Jérémie et aux traces de pas des enfants.

Ce fut alors que son frère se leva brusquement pour aller payer l'addition. Le maestro ne tenta pas de s'interposer pour la partager avec lui. Il attendit son retour et dit :

– Je suis navré que tu voies les choses comme ça.

Il savait déjà que Renato ne lui laisserait pas le dernier mot. En effet, ce dernier se rassit et lui attrapa l'avant-bras avant de lui asséner sur un ton retenu un avertissement final :

– Écoute, Gabriele, toi et moi, on ne se comprendra jamais, tu as fait des choix inexplicables il y a des années et tu en paies chaque jour les conséquences avec ta vie de merde, en habitant dans un quartier de merde, entouré de gens de merde. Tu as préféré ça à ta propre histoire, parce que, tu l'as dit toi-même, tu avais la famille en horreur. Moi, j'ai fait d'autres choix et, à présent, je suis enfin arrivé à un tournant décisif. Parce que si tout se passe comme prévu, je serai élu au Conseil supérieur de la magistrature d'ici un mois. Et cette fois, crois-moi, je ne te laisserai pas me mettre des bâtons dans les roues comme tu l'as fait en d'autres occasions. Non, je ne te le permettrai pas. Par conséquent, ne me téléphone pas, ne m'écris pas, oublie que j'existe, oublie même que je suis ton frère. Mais j'ai autre chose à te dire. Écoute-moi bien, Gabriele : je pense que ce serait insensé, vu ta situation, de persévérer dans cette voie risquée. Si jamais la police ou la justice s'en apercevaient, et j'espère vraiment que ça n'arrivera pas, tu aurais de sacrés ennuis, tu comprends ?

Sa main exerça une dernière pression sur le bras de son frère, puis il se leva et se dirigea vers la sortie. Le maestro, qui ne s'attendait pas à ce que Renato pût avoir des pensées aussi mesquines, en fut profondément affligé.

Il sortit à son tour et se mit à errer dans les rues telle une âme en peine. Au bout d'une heure, ses pas le portèrent à son insu jusqu'à l'entrée d'un commissariat. À l'accueil, un policier albinos lui demanda ce qu'il désirait. Le maestro, confus, bredouilla qu'il souhaitait parler au commissaire.

– C'est à quel sujet? insista l'autre.

– C'est personnel, chuchota Gabriele.

– Il n'y a que le commissaire adjoint aujourd'hui, et il est occupé pour le moment.

Sur ce, l'homme lui indiqua la salle d'attente. La pièce, entièrement vitrée, était exiguë et bondée. Une fois assis, le maestro examina ses compagnons d'infortune et, pour tuer le temps, s'efforça de deviner les violences, les délits, et les vols pour lesquels ils étaient là. Peu après, une forme singulière de malaise s'empara de lui, comme si le court-circuit entre les visages qui l'entouraient et ses propres conjectures le perturbait à l'excès. Il décida alors de disparaître en lui-même et ne réémergea que lorsqu'il entendit des rires vulgaires en provenance du couloir.

Un homme au visage ratatiné de bulldog et à la peau grêlée plaisantait avec deux individus que Gabriele identifia aussitôt comme des sbires du caïd De Vivo. Au bout de quelques instants, ils lui donnèrent l'accolade et l'embrassèrent avant de s'en aller. Profitant de ce moment favorable, le policier de garde s'approcha de l'homme à face de chien et lui murmura quelque chose. À la façon dont ce dernier se retourna pour l'examiner, le maestro devina qu'il s'agissait du commissaire adjoint. L'espace d'un instant, leurs regards se croisèrent, puis l'autre jeta sa cigarette par terre, l'écrasa sous sa semelle et regagna son bureau.

L'albinos s'approcha alors de Gabriele et murmura sur un ton cérémonieux qu'il allait devoir patienter encore une minute. Mais le maestro se leva presque aussitôt et sortit.

Inquiet, il se remit à errer sans but, laissant son esprit macérer dans ses pensées sombres et obsessionnelles. Épuisé, il finit par se retrouver sur le front de mer, via Partenope, où il observa le ballet habituel des serveurs hélant les touristes étrangers. La mer étincelait d'une lumière chaude sur laquelle un nuage noir projetait par moments son ombre menaçante. Il resta quelque temps à regarder les gens se frôler dans les ruelles du quartier du port, puis songea que Ciro devait commencer à s'inquiéter. « Mieux vaut rentrer », pensa-t-il.

Au fond, personne ne l'avait jamais attendu chez lui, et cette sensation inédite n'était nullement désagréable.

Les hommes connaissent le présent.
L'avenir appartient aux dieux.

Constantin Cavafis

4

Un homme de De Vivo était planté derrière le comptoir du concierge. Cette fois, Gabriele Santoro préféra l'escalier à l'ascenseur. En avisant un autre sbire au deuxième étage, il en conclut que le caïd contrôlait l'immeuble. Assis sur une marche, *'o chiatto*[1] – ainsi que les gens du quartier continuaient à le surnommer, bien qu'une maladie indéterminée lui eût fait perdre beaucoup de poids au cours des mois précédents – était plongé dans la lecture de *La Gazzetta dello Sport*. Le maestro lui adressa un signe du menton et poursuivit son ascension jusqu'à son palier.

En ouvrant sa porte, il trouva Ciro assis sur une chaise face à l'entrée, en train de l'attendre. « Il n'a sûrement pas bougé de là », pensa-t-il.

– Maintenant, j'peux t'dire comment qu'ça s'est passé, dit l'enfant.

Le maestro écouta son récit: avec Rosario, le fils d'Amitrano, ils s'étaient postés en scooter dans la via Chiaia en attendant le moment propice pour détrousser un couple d'Allemands assis dans un café. Au bout d'une demi-heure, une vieille dame était sortie de chez le coiffeur au coin de

1. « Le gros ». (*Toutes les notes sont du traducteur.*)

la rue. De celles dont on voit à un kilomètre que leur sac est bourré d'argent. Las de guetter les Allemands, les deux acolytes l'avaient suivie tandis qu'elle faisait quelques emplettes. Ils avaient décidé de passer à l'acte quand elle avait tourné dans une rue un peu à l'écart. D'un bond de scooter, ils s'étaient propulsés à sa hauteur et Ciro avait tenté de lui arracher son sac. La vieille était tombée en lui opposant une résistance farouche. Rosario avait accéléré dans un crissement de pneus et Ciro, se retournant, avait constaté qu'un homme chauve les prenait en chasse au volant d'une grosse BMW noire. Il avait croisé son regard de glace et compris à l'instant dans quel pétrin ils s'étaient fourrés, sans pour autant imaginer que la femme qu'ils avaient attaquée était la mère d'Alfonso De Vivo, la mégère qui contrôlait les affaires criminelles de la moitié de Naples. Et encore moins qu'elle se retrouverait bientôt en réanimation à l'hôpital Cardarelli. Le lendemain matin, l'enfant avait épié le chauve en grande conversation avec son père et l'avait entendu dire qu'Alfonso De Vivo les attendait, lui et son fils.

– Et pourquoi ça ? avait demandé Carmine.

– La Marianna, elle est dans le coma. Il a fait une grosse bourde, ton fils, on peut pas laisser passer ça, tu comprends ?

Carmine, résigné, avait baissé la tête :

– Bon. Dis à Alfonso qu'ce voyou veut lui demander pardon et que j'le lui amène d'ici ce soir.

Gabriele se rendit compte qu'il avait les larmes aux yeux et les couvrit de sa main pour les essuyer. Le garçon le dévisageait, anxieux de comprendre dans quel camp il se trouvait. Le maestro se laissa examiner pendant le temps nécessaire pour dissiper les doutes qui taraudaient son protégé. Puis il ôta sa veste, caressa le visage de Ciro et alla se réfugier dans son bureau. Il s'assit et tenta de libérer son esprit des pensées angoissantes qui l'assaillaient.

Un quart d'heure à peine s'était écoulé lorsqu'on sonna à la porte. Inquiet, il revint dans le séjour et vit l'enfant ouvrir l'accès à la soupente pour s'y glisser.

– C'est une de mes élèves qui vient prendre son cours, expliqua-t-il.

Et il aida Ciro à refermer la trappe.

À travers la fente, ce dernier vit entrer une jeune fille d'environ dix-huit ans au corps long et sec. Après avoir échangé quelques mots dans le vestibule, le maestro et elle se dirigèrent vers le bureau. Peu après, le garçon entendit le son répété d'une note de musique. La succession monotone des exercices ne tarda pas à le plonger dans le sommeil.

Une heure plus tard, lorsque Gabriele et la jeune fille revinrent dans l'entrée, Ciro se réveilla et approcha aussitôt son œil de la fente. L'élève remettait une enveloppe à son professeur :

– C'est pour les leçons du mois.

Puis ils se serrèrent la main et elle s'en alla.

Quelques instants plus tard, la trappe de la soupente se rouvrit et l'enfant vit s'y encadrer le visage sévère de son protecteur, qui l'aida à descendre. Ciro lui demanda quel âge avait la jeune fille et plaisanta lourdement :

– Une vraie planche à r'passer, c'te fille.

Le maestro se contenta de lui lancer un regard froid et se retira dans son bureau où, cédant à sa marotte habituelle, il se plaça devant la fenêtre.

Un étrange conciliabule se tenait au milieu de la cour, où Carmine Acerno parlait à deux hommes en costume qui tendaient tour à tour l'oreille vers lui pour écouter avec déférence ce qu'il leur murmurait, tels deux prêtres recueillant une confession. Frappé par leur calme animal, Gabriele était hypnotisé par la façon dont le père de Ciro s'approchait d'eux à intervalles réguliers pour leur caresser la joue, quand il ne les dévisageait pas en silence, hébété.

Au bout d'un moment, le téléphone sonna. Le maestro décida de ne pas répondre, mais à la cinquième sonnerie, cette insistance lui fit changer d'avis et il souleva le combiné.

– Gabriele, mon ami, je te dérange ? C'est moi.

Le maestro avait aussitôt reconnu la voix de son seul ami dans le quartier, Antonio Balsamo, le chef du service de radiologie de l'hôpital Ascalesi, un obsédé des concerts.

– Tu ne me déranges pas du tout, répondit-il à mi-voix mais sur un ton convaincant.

– Bon. Ça te dirait de faire un petit poker chez moi ce soir après le dîner, avec la compagnie habituelle ?

Gabriele, qui n'avait aucune envie de jouer aux cartes, jugea cependant opportun d'accepter : son isolement prolongé aurait paru bizarre et, à la réflexion, l'occasion se révélerait peut-être utile pour apprendre ce qui se disait de la disparition de Ciro. Il était six heures et le ciel s'était chargé d'une bande de nuages noirs et denses qui semblaient avancer au ralenti. Il fallait faire quelque chose, élaborer un plan sans plus perdre de temps.

Il trouva l'enfant endormi sur le canapé, le livre de Kipling entre les mains. Il étendit une couverture sur lui et attendit son réveil. Quand Ciro ouvrit les yeux deux heures plus tard, il le dévisagea d'un air étonné :

– Tu fais quoi, là ?

Gabriele crut bon de lui répondre en napolitain pour se mettre sur la même longueur d'onde que lui :

– C'que j'fais ? Ben j'attends que tu t'réveilles.

– Pourquoi ? J'ai dormi ?

– Oui.

Comme s'il en avait honte, le garçon se leva d'un bond.

– Tu t'es pas mal agité pendant ton sommeil, continua le maestro. T'as fait un sale rêve ?

Ciro lui lança un regard torve.

– J'ai fait zéro rêve. C'est toi qu'as la trouille et qui veux rien faire, dit-il avec colère avant de cracher par terre.

Imperturbable, Gabriele se leva pour aller nettoyer le crachat avec son mouchoir. Il adressa de nouveau la parole à l'enfant en renonçant à la complicité équivoque du napolitain :

– Si ça ne te plaît pas, va chercher une autre personne disposée à risquer sa vie pour te cacher. Dehors, il y a plein de gens certainement prêts à t'accueillir à bras ouverts. Qu'est-ce que tu attends ?

Ciro continuait à le toiser, livide, comme sur le point d'exploser.

– Tu crois qu'j'ai peur d'sortir ? demanda-t-il. Comme si j'savais pas comment qu'on tue un mec. Y a quinze jours, j'ai vu crever deux fils de pute.

Le maestro observa en silence cette fureur obstinée puis finit par murmurer :

– Inutile de crier, on voit bien que tu inventes.

– Ah ouais ? Va voir comment qu'ils sont morts, les Mesa, ces deux salauds qu'ont foutu l'feu à l'entrepôt d'Musella. C'est mon père et moi qu'on l'a fait, enfin c'est lui, moi j'ai fait qu'regarder. Il les a coincés dans un garage de Borgo Sant'Antonio et il leur a tiré dans la tête. Là, en plein dans l'front. Bam, bam. Il en a buté un d'abord et l'autre après. Quand il est mort, le premier, l'autre il a chié dans son froc. T'as qu'à vérifier si c'est des craques, c'que j'raconte.

– Tais-toi, s'il te plaît, le supplia Gabriele.

Envahi par un profond sentiment de peine, il ferma les yeux et, qui sait pourquoi, repensa à l'histoire que son père lui avait chuchotée au téléphone l'avant-veille : « Ta mère n'a jamais voulu danser avec moi, ça ne lui plaisait qu'avec des étrangers. Comme Marlon Brando dans *Le Dernier Tango à Paris*, elle disait qu'elle ne se sentait à l'aise qu'avec ceux dont elle ignorait le nom. Elle et moi, on a dansé ensemble une fois seulement, il y a dix ans, dans un restaurant de Lisbonne où un vieux monsieur jouait de l'accordéon. Quand il a attaqué une milonga, elle s'est levée et elle m'a invité à danser. Et moi, je l'ai suivie. On s'est mis à tourner sous les yeux des autres clients, sans se soucier d'eux. Elle était comme ça, ta mère, au fond c'était une manipulatrice. »

Gabriele n'avait pas compris la raison de ces confidences, lâchées alors que la conversation portait sur un tout autre sujet. Son père était en train de se plaindre de ne plus pouvoir aller au cinéma : « Maintenant, les acteurs ne savent plus timbrer leur voix, ils marmonnent, c'est incompréhensible. Et le public ne se révolte pas ! » Toujours les mêmes jérémiades, qui faisaient désormais partie de leur rituel. Le fait de passer du coq à l'âne n'avait rien de bizarre en soi, mais Gabriele avait eu l'intuition que l'ordre des choses avait commencé à se défaire dans l'esprit de son père, ce nœud qui garantit artificiellement notre rapport au monde et l'équilibre, toujours précaire, entre nos pensées dicibles et indicibles.

Tandis qu'il regardait Ciro, Gabriele se reprocha de ne pas avoir deviné qu'un camorriste se cachait sous les traits ordinaires de Carmine Acerno. Son expression d'ennui lui évoquait plutôt un employé, un comptable, voire un avocat. Il se rappela l'avoir vu assis à une table du café Gambrinus en compagnie d'une femme dont il caressait la joue d'un geste visqueux. Elle était très jeune mais pas particulièrement jolie, elle avait même les traits irréguliers et quelque chose de vulgaire. Tout à coup, l'homme s'était senti observé et la jeune femme, après s'être tournée vers Gabriele, s'était levée d'un coup et avait quitté la table. Acerno et le maestro avaient échangé un regard hostile.

– Il faut qu'on dîne tôt ce soir, j'ai un engagement après, dit Gabriele comme s'il se réveillait d'un enchantement avant de se diriger d'un pas rapide vers la cuisine. Tu aimes bien les pâtes *alla sorrentina*, avec de la sauce tomate et de la provola ?

Ciro acquiesça.

Quand le plat fut prêt, ils mangèrent en silence. Puis, tandis que le maestro faisait la vaisselle, l'enfant demanda :

– Tu vas baiser ta copine ?

Gabriele réfléchit un moment avant de répondre :

– Oui, elle m'attend.

Alors qu'il s'apprêtait à sortir, Ciro vint lui demander la permission de regarder la télévision. Le maestro lui montra la télécommande. Mais il se ravisa aussitôt et lui expliqua qu'il valait mieux s'abstenir : si quelqu'un de l'immeuble le croisait, il pourrait s'étonner de constater que la télévision fonctionnait chez lui en son absence.

– J'y avais pas pensé, murmura le garçon avec un sourire triste.

Un peu plus tard, dans la cour de l'immeuble, le maestro se retourna pour regarder les fenêtres de son appartement. Il repéra l'enfant derrière celle du séjour, à moitié caché par les rideaux, l'air mélancolique et malheureux. Il cligna des yeux à son adresse et poursuivit son chemin.

Tandis que dans la rue,
dehors, les peuples n'entendent rien.

Constantin Cavafis

5

À la grande surprise de Gabriele Santoro, la compagnie n'était pas exactement celle qu'Antonio Balsamo lui avait annoncée. Le médecin l'en informa dans l'entrée, de son ton feutré habituel :

– Vincenzo Nerano m'a planté, j'ai dû le remplacer au pied levé. Il y a un nouveau, Mezzera, j'espère que ça ne t'embête pas.

– Penses-tu, on doit seulement jouer, pas se marier, répliqua le maestro en s'efforçant d'avoir l'air enjoué.

Dans le salon, il s'aperçut que la nouvelle recrue était le fonctionnaire de police qu'il avait entrevu au commissariat, celui à la tête de bulldog et à la peau grêlée.

Au début, tout se déroula comme à l'accoutumée. Une heure après le début de la partie, le maître de maison apporta des alcools – deux marques de whisky, un *amaro*, une vodka glacée, un cognac – et des amuse-gueule – des canapés au jambon et à la mayonnaise, un plateau de *sfogliatelle*[1] et un autre de choux à la crème.

Ils continuèrent à jouer en silence pendant quelque temps, les rares échanges portant sur la chance ou la poisse,

1. Dessert typique de Naples, en forme de cône de pâte farci de crème à base de ricotta.

jusqu'au moment où Antonio s'écarta de cette thématique pour annoncer qu'il comptait assister au célèbre festival de Salzbourg à Pâques. Il insista beaucoup sur le concert d'un jeune pianiste qui avait le vent en poupe, Leclerc, avec un programme dédié à Scriabine. Gabriele, par politesse, fit une remarque sur la difficulté d'exécution des œuvres de maturité de ce compositeur. Passant du coq à l'âne, D'Alterio, un avocat pénaliste, se mit à commenter une émission télévisée récente au sujet des personnes disparues :

– En général, dit-il en se tournant vers Mezzera, elles sont plus intéressantes que celles qui pleurent leur disparition, non ? À propos, comment va la mère de De Vivo ? Elle est sortie du coma ?

Le commissaire adjoint se tourna vers lui et fit la grimace :

– Qu'est-ce que j'en sais, moi ? Elle est au Cardarelli, va la voir et demande-lui si elle est vivante.

– Pardon, je croyais que vous étiez informés.

– On est informés sur les vivants et les morts, pas sur ceux qui sont entre les deux, répliqua Mezzera sur ce ton mordant qui lui était propre.

– Son fils raconte partout que le vol à la tire était une mise en scène et que deux morveux ont été recrutés pour éliminer sa mère. Mais certains pensent que c'est lui qui a monté le coup, il l'aurait fait pour prendre les commandes. Parce que sa mère, sinon, elle ne lui aurait jamais passé le flambeau.

D'Alterio avait parlé sur le ton fumeux d'un philosophe du crime. Mezzera ne releva pas, et la partie se poursuivit pendant quelques minutes sans autre diversion. Mais au moment de distribuer les cartes, l'avocat remit le sujet sur le tapis :

– Le bruit court que le petit dernier d'Acerno a disparu lui aussi. C'est peut-être une coïncidence, mais à mon avis les deux choses sont liées. En tout cas, dans sa famille, ils se disent persuadés que l'enfant reviendra.

Ce fut alors que le commissaire adjoint, agacé, jeta ses cartes sur la table.

– Moi aussi, je l'ai entendue, cette rumeur. Si elle est vraie et qu'Acerno n'a toujours pas retrouvé son fils, ça veut dire que quelqu'un l'aide à se cacher, quelqu'un qui croit pouvoir les baiser, De Vivo et lui.

Il balaya l'assistance du regard pour capter d'éventuelles réactions, puis conclut dans le silence général :

– Qui que ce soit, je lui donne quelques jours avant qu'il meure asphyxié comme une mouche dans une bouteille.

Sur ce, il s'empara de la bouteille de vodka et fit mine d'observer à l'intérieur le cadavre imaginaire dudit insecte. Le maestro eut une bouffée de chaleur et se versa un doigt de cognac qu'il but d'un trait. Puis il regarda sa montre et dit :

– Allez, il se fait tard.

Il se leva et se dirigea vers le vestibule. Mezzera lui emboîta le pas :

– Moi aussi, je m'en vais, annonça-t-il. Demain je dois me réveiller à six heures, pour une arrestation.

Ayant pris congé du reste de l'assemblée, ils descendirent l'escalier en silence et firent quelques pas dans la rue.

– On s'est déjà vus, tous les deux, dit le commissaire adjoint, mais je ne me souviens pas où.

– Je ne crois pas, tu dois confondre, répliqua Gabriele en continuant de marcher lentement.

– Qu'est-ce que tu fais, comme métier ?

– J'enseigne le piano au conservatoire.

– Ah, tu es musicien !

– Eh oui.

– Tu as de la chance de pouvoir te passer des mots.

Ils échangèrent un long regard puis le policier lui tendit la main.

– Peut-être qu'on se reverra chez Antonio.

– C'est possible.

Et chacun partit de son côté.

D'abord absorbé par ses pensées, Gabriele prit soudain conscience de la rareté des fenêtres encore allumées sur les façades des immeubles, derrière lesquelles s'attardaient, supposa-t-il, les insomniaques, les malades ou les amants. Il fit une grande partie du trajet sans rencontrer âme qui vive mais, arrivé au bout d'une ruelle, il avisa soudain un groupe de quatre individus, dont Diego. Dès qu'il l'aperçut, son ancien élève se précipita à sa rencontre :

– Maestro, qu'est-ce que vous faites, vous vous promenez tout seul, à cette heure-ci, dans des rues aussi sordides ? Si vous permettez, je vous escorte jusqu'à chez vous.

Il lui emboîta aussitôt le pas. Ils marchèrent en silence jusqu'à l'immeuble de Gabriele puis, tandis que celui-ci introduisait la clé dans la serrure de la porte cochère, Diego hasarda :

– Je suis tenté de reprendre le piano. Si ce n'est pas trop vous demander, j'aimerais bien que vous me donniez quelques leçons.

Le maestro ne répondit pas, s'attardant à dessein sur la serrure. Une fois la porte franchie, il s'empressa de rabattre le battant, ne laissant qu'une fente pour répondre à Diego.

– Il est tard, parlons-en demain. Rendez-vous à cinq heures dans le café à côté du conservatoire.

Il traversa le vestibule et la cour. L'escalier était désert : *'o chiatto* était à l'évidence allé se coucher. Surpris et même excité par cette absence soudaine de surveillance, le maestro poursuivit de manière irréfléchie son ascension jusqu'à l'étage des Acerno. Pas de gardien là non plus. Mû par une impulsion absurde et incompréhensible, il colla son oreille contre la porte du camorriste, comme s'il pouvait entrer en communication avec le vice qui se cachait derrière le battant et entendre ses grognements. Mais il n'y avait rien à entendre, hormis le silence de la nuit et les craquements que produisent les meubles quand ils se déforment, se dilatent ou se contractent. Alors qu'il recueillait ainsi le son ténu de ces événements insignifiants, Gabriele perçut soudain un bruit de pas. Se penchant dans la cage d'escalier, il vit Nicola, le fils aîné de Carmine, gravir les marches. L'instant d'après, il se retrouva face au jeune homme et se vit contraint de balbutier des excuses :

– Je rentrais et j'ai entendu un bruit, alors j'ai voulu vérifier si tout était en ordre.

Nicola, vingt ans et le regard bovin, s'immobilisa à deux marches du palier et le fixa d'un air ahuri, comme s'il était confronté à un phénomène étranger à l'éventail des possibles. Puis, d'un geste brusque, il lui fit signe de déguerpir. Sans demander son reste, Gabriele redescendit à son étage au pas de course et se réfugia chez lui.

Ciro dormait. Le maestro s'arrêta sur le seuil du bureau pour l'observer, puis il entra dans sa chambre et se laissa tomber sur son lit, où il s'endormit tout habillé. Il rêva d'un concert qu'il n'avait jamais donné, celui du prix Chopin, un concours auquel il avait été recalé dès la première épreuve. Comme tant de gens, Gabriele faisait souvent le même rêve à quelques variantes près. Cette fois, il était en frac et attendait dans un couloir devant l'entrée de la salle Szymanowski de l'Institut Chopin à Varsovie. Son frère arrivait sur ces entrefaites, très élégant lui aussi, en habit bleu impeccable.

– Tu es nerveux ? murmurait Renato en se penchant pour le regarder.

– Un peu.

– C'est compréhensible. Même si j'ai lu qu'Arturo Benedetti Michelangeli, tandis qu'il attendait son tour le jour du prix Chopin, tuait le temps en jouant aux échecs avec son cousin.

Le maestro se réveilla sur cette vision du visage énigmatique et narquois de son frère. Il regarda sa montre : six heures. En se levant, il ne se sentit pas bien. Cette sensation de malaise, bien que familière, lui parut particulièrement profonde, au point qu'il jugea inutile de prendre un Xanax comme il avait coutume de le faire en pareille circonstance.

Il préféra s'arrêter devant la photographie encadrée de Constantin Cavafis qu'il gardait sur sa commode, comme s'il s'agissait d'un lointain aïeul ou d'un vieil oncle. « Je n'aurais pas été mal dans son Alexandrie. Là-bas, au moins, on peut disparaître en paix », pensa-t-il.

Qu'on ne cherche pas à découvrir qui je fus
en alléguant ce que j'ai pu faire ou dire.

Ces vers du poète lui appartenaient encore davantage, maintenant. Il les répétait du bout des lèvres lorsqu'il s'aperçut, à un petit bruit, que l'enfant l'observait. Torse nu, les cheveux ébouriffés et le regard fixe, il était l'incarnation de l'innocence.

– Tu vas faire quoi de moi ? demanda-t-il d'une voix pâteuse, qui semblait encore plus enfantine, mais avec une sorte de fêlure.

– Rien, qu'est-ce que je devrais faire ?

– J'peux pas rester ici pour toujours. Ils vont finir par nous prendre.

Il avait raison, le maestro en était bien conscient. Mais il ne savait comment agir.

– Ce n'est pas le moment d'y penser, dit-il, va dans ta chambre et rendors-toi.

Il avait adopté sans le vouloir une voix grave de film policier français, à la Clouzot. Ciro ne bougea pas et ils continuèrent à se dévisager en silence, comme ils ne l'avaient encore jamais fait.

– Tu ne peux pas continuer comme ça, sans vêtements de rechange, ajouta Gabriele. Demain, j'irai t'en acheter d'autres. D'ailleurs, donne-moi ceux-ci, je vais les porter à laver.

Le garçon le regarda pendant quelques instants avec son expression coutumière de victime puis, résigné, se déshabilla.

– Et j'mets quoi, maint'nant ?

– Je vais te prêter quelque chose.

Gabriele alla jusqu'à son armoire, dont il tira une chemise à carreaux en flanelle. Ciro l'enfila et se regarda dans la glace. Il flottait dedans. Pour s'amuser, il prit des poses de petit prince en chemise de nuit et un rire léger lui échappa, qu'il réprima vite. Le maestro aussi eut envie de rire mais recouvra aussitôt son sérieux.

– Maintenant ça suffit, retourne au lit, dit-il, lui-même surpris du ton trop sévère qu'il avait adopté.

L'enfant lui lança un coup d'œil triste mais obéit en silence.

Resté seul, Gabriele feuilleta un cahier noir, son agenda, qui lui rappela que son cours au conservatoire commençait une semaine plus tard ; et qu'il avait réunion avec le directeur et les autres enseignants l'après-midi même.

Une chandelle suffit. Que la chambre ce soir
reste dans la pénombre.

Constantin Cavafis

6

Se déplaçant telle une ombre, l'enfant se dirigea vers la fenêtre de la cuisine pour regarder dans la cour. Il avisa sa mère, qui tenait par la main son frère Peppe, un peu plus âgé que lui. Il étudia son visage pour y déceler des traces de douleur ou de pleurs dus à son absence. Mais il n'y découvrit rien qui permît de deviner ses sentiments : il le trouva même encore plus énigmatique qu'auparavant, si c'était possible.

Son père apparut peu après. Ciro eut un coup au cœur. La peur reprit possession de lui et il se détourna l'espace d'un instant. Mais son envie de les épier l'emporta et il s'approcha de nouveau de la vitre avec prudence. Carmine était en train de rire. Oui, il riait, comme quelqu'un pour qui les choses continuent d'aller bien, qui n'a pas perdu goût à la vie. Sa mère aussi esquissa un sourire, mais Ciro crut déceler en elle un sentiment étrange ou du moins trouble. Puis la joie s'effaça d'un coup des traits de son père, qui recouvrèrent cette fixité tragique et déconnectée si typique des hommes violents. Ciro craignait ces passages brusques du rire aux hurlements, il n'avait jamais pu s'y faire. D'instinct, comme toujours dans les moments de tension, il ferma les yeux.

Quand il les rouvrit quelques instants plus tard, on eût dit qu'une rafale de vent avait balayé le monde. Son père et sa mère avaient disparu, la cour était de nouveau vide. Il se mit à compter impulsivement les carreaux de la fenêtre, comme si ce nombre recélait une formule en mesure de lui dévoiler les pensées secrètes de ses parents.

Au même instant, Gabriele débouchait sur la via Domenico Cimarosa. Il attendit l'ouverture d'une teinturerie où il avait autrefois apporté un manteau à détacher. Un peu plus tard, timide et gêné, il remettait le pantalon, le slip et la chemise de l'enfant au gérant, un quinquagénaire aux cheveux teints et à la moustache jaunie par le tabac. Il lui demanda quand ils seraient prêts et l'homme répondit qu'il pouvait repasser deux heures plus tard. Le maestro nota la taille des vêtements en prévision de ses achats et sortit.

Il entreprit de descendre du quartier du Vomero un peu au hasard, en scrutant les devantures des boutiques qu'il longeait. Après un long trajet, dans la via Toledo, son œil tomba enfin sur un grand magasin qu'il jugea adéquat.

Il entra, emprunta l'escalier roulant pour monter au deuxième étage, où se trouvait le rayon des vêtements pour enfants. Il n'en avait jamais acheté et se savait incapable de faire un choix. Il s'arrêta pour examiner les vendeuses et en repéra une dont le visage lui parut avenant. Il s'approcha discrètement d'elle et lui demanda de l'aide. Ensemble, ils choisirent trois chemises, un épais sweatshirt à capuche, deux pantalons, cinq slips, un pyjama et quelques tricots de corps – bien que la vendeuse lui déconseillât ces derniers en arguant que les petits garçons d'aujourd'hui n'en portaient plus.

La file d'attente était longue devant la caisse et Gabriele, vite impatienté, demanda à l'homme qui le précédait de le laisser passer :

– J'ai rendez-vous chez le médecin, inventa-t-il, et je ne peux pas arriver en retard.

L'autre accepta à contrecœur.

Une fois sorti du grand magasin, Gabriele retourna d'un pas rapide à la teinturerie pour y retirer les vêtements propres. Cette fois, il fut obligé d'attendre que l'employée eût fini de repasser la chemise de Ciro.

Ensuite, il put enfin s'acheminer vers le conservatoire ; plus exactement, vers le café voisin, où il avait donné rendez-vous à Diego. À l'intérieur, il avisa l'un des appariteurs, le plus jeune, en train de boire une bière. Avant d'aller s'attabler un peu à l'écart, il le salua. Il avait apporté cette biographie de Ravel qu'il n'avait toujours pas réussi à terminer : il en était au chapitre où l'auteur brosse le portrait du jeune élève du grand musicien, Rosenthal. Chaussant ses lunettes, il se mit à lire et se retrouva plongé dans l'atmosphère glauque des virées nocturnes de Ravel, lorsqu'il hantait les cinémas de banlieue où se produisait son élève avec un petit orchestre désaccordé qui accompagnait les films muets. L'auteur insinuait que les deux hommes entretenaient une relation érotique mais Gabriele, tout en admettant l'éventualité d'un tel désir sexuel chez le compositeur, n'était pas convaincu qu'il fût passé à l'acte. Ravel avait ce genre de tempérament qui porte à imaginer la vie plutôt qu'à la vivre.

Levant les yeux de son livre, le maestro vit l'appariteur s'éloigner vers la sortie. Il consulta sa montre et s'aperçut qu'une demi-heure s'était écoulée. Diego ne viendrait pas, c'était clair. Il se leva pour aller payer à la caisse.

Au conservatoire, il reçut l'accueil condescendant auquel il était habitué. Le directeur annonça que la réunion serait brève, en raison d'un autre engagement qui lui était sorti de la tête. Il présenta le nouvel enseignant de dramaturgie musicale, Edoardo Misiti, à ses collègues. Ce jeune Calabrais au physique sec et à la mine contrite était un admirateur d'Edgar Varèse, auquel il avait du reste consacré une thèse de fin d'études qui serait bientôt publiée. Il se montra particulièrement désireux de faire la connaissance de Gabriele, le professeur le plus renommé du conservatoire. Mais il ne parvint pas à attirer son attention, bien qu'il tentât de l'approcher dans le couloir après la réunion pour lui demander s'il pouvait lui faire don d'un exemplaire de sa thèse.

– Pas maintenant, répondit Gabriele, je suis désolé mais je dois vraiment y aller.

Et sur ces mots, il s'éclipsa.

Rentré chez lui en hâte, il trouva Ciro en proie à l'ennui. Pour la première fois, il songea qu'il le gardait prisonnier. Consultant sa montre, il s'aperçut qu'il était tard : son protégé devait être affamé. Il se plongea dans la préparation d'une omelette aux pommes de terre.

Ce fut alors qu'on sonna à la porte. Par l'œilleton, Gabriele avisa Diego et remarqua une estafilade qui saignait sur sa pommette gauche. Il courut dire à Ciro de se cacher dans la soupente et, dès que l'enfant fut à l'abri, alla ouvrir. Son ancien étudiant, essoufflé, avait l'air bouleversé, et ses traits n'affichaient pas leur sempiternel rictus doucereux et flagorneur. Mal rasé, les cheveux sales et en bataille, il n'avait rien de son aspect habituel. Sans compter sa tenue débraillée et la large tache de sang qui s'étalait sur sa chemise.

– Bonjour maestro, dit-il, excusez-moi de vous avoir posé un lapin tout à l'heure.

À peine eut-il le temps de finir sa phrase qu'il s'évanouit. Gabriele s'agenouilla pour tenter de le ranimer. Diego reprit vite connaissance, toujours pâle et tremblant. Le maestro l'aida à se relever et l'emmena à la salle de bains où, sans dire un mot, il désinfecta sa plaie au visage avant de la couvrir d'une gaze et d'un sparadrap. Puis il lui fit signe d'ôter sa chemise et découvrit plusieurs ecchymoses sur son abdomen.

Il alla chercher des glaçons, qu'il enveloppa d'un linge et posa sur les contusions.

D'où il était, Ciro pouvait voir le visage de Diego mais pas celui de Gabriele, qui lui tournait le dos. Au bout de quelques minutes, les deux hommes entrèrent dans le séjour, où le maître de maison, après avoir invité son visiteur à s'étendre sur le canapé, alla s'asseoir dans un fauteuil.

Son ancien élève, qui avait perdu toute son arrogance, continuait de geindre sans rien dire et clignait des yeux par intermittences, comme repris par un ancien tic.

– Si tu as quelque chose à me confier, Diego, je suis là, dit le maestro à voix basse.

L'autre se tourna vers lui et sembla soupeser longuement le sens de cette phrase.

– Si j'avais suivi vos conseils, dit-il, je serais aujourd'hui pianiste de métier. Je gagnerais ma vie en jouant dans des bars. Mais j'ai fait un choix différent, qui me tient pieds et poings liés à des situations dont vous n'avez même pas idée.

– De quel genre ? demanda Gabriele de ce ton vague qui semblait l'autoriser à poser toutes les questions, fussent-elles les plus indiscrètes.

– Ne me le faites pas dire. C'est mieux, croyez-moi.

– Diego, nous sommes amis, tu peux parler, si tu en ressens le besoin.

– Non, je ne peux pas. Ça vous causerait du tort.

Il y eut un moment de silence, puis le maestro demanda au jeune homme s'il voulait boire quelque chose. Un whisky, peut-être ? Sans attendre sa réponse, il se leva et disparut quelques instants. Il revint avec une bouteille de J&B et un verre. Après y avoir versé un doigt d'alcool, il le tendit à son élève, qui en but une petite gorgée, les yeux fermés, comme s'il s'agissait d'un médicament. Gabriele attendit les premiers effets relaxants du breuvage et lança une attaque frontale.

– Je t'ai vu avec Carmine Acerno, l'autre soir. Je n'ai toujours pas compris quel travail il faisait. Tu le sais, toi ?

Diego le regarda fixement avant de balbutier une réponse pour le moins évasive :

– Il vient parfois avec sa femme dans mon restaurant. Je ne sais rien de plus, désolé.

– Tu mens, rétorqua Gabriele d'un ton brusque, tu sais très bien qui il est.

L'élève porta les mains à son visage, avant de murmurer une de ces phrases décousues dont il avait le secret :

– J'ai assez confiance en vous. Mais attention à pas mett' le nez là où il faut pas.

– C'est-à-dire ?

– Je vous suis très reconnaissant de votre aide, mais il y a des choses que je ne peux pas vous dire.

– Si c'est comme ça, tu peux t'en aller tout de suite, lança le maestro, irrité.

Il se leva et courut ouvrir un tiroir de la commode, où il prit un paquet de Chesterfield intact. Il le déballa et sortit une cigarette qu'il alluma nerveusement.

– Allez, va-t'en, j'ai assez perdu de temps avec toi, dit-il avec une dureté à laquelle Diego ne s'attendait pas.

Ce dernier le regarda surpris et, tournant le visage vers le dossier du canapé, se mit à parler :

– Ils m'ont embringué dans cette affaire. De Vivo, il croit que je protège Carmine, ce salaud.

Gabriele, impénétrable, continuait d'écouter sans ciller.

– Ce connard de merde, reprit Diego, il sait pas que si j'veux, j'fais qu'une bouchée d'lui. Il croit que j'me laisse faire sans bouger ?

Sa voix s'était faite rauque et plaintive comme celle des chanteurs de mélodrame napolitain.

– Que te dire, Diego ? Je n'ai pas la moindre idée de ce à quoi tu fais allusion, commenta le maestro.

Lorsque son élève se tourna vers lui, Gabriele s'aperçut qu'il pleurait.

– C'était quoi, cette phrase que vous nous répétiez tout le temps pendant les cours ? demanda Diego d'un ton faussement inspiré, comme s'il s'évertuait à se remémorer un souvenir perdu à jamais.

Puis il se mit à rire de façon convulsive et incohérente. Le maestro en conclut qu'il était un peu dérangé.

– « La musique console parce qu'elle permet de se passer des mots », dit-il en scandant sa phrase d'un geste impatient de la main, comme pour éloigner une mouche.

Il se leva et Diego profita de ce moment pour s'approcher de lui. Il le prit dans ses bras et le serra avec force. Le maestro se laissa faire, glacial. Ciro, qui les espionnait par la fente, s'aperçut que son sauveur, de profil, ressemblait à un Chinois.

– Et dans quelle affaire ils auraient voulu t'embringuer ? demanda Gabriele.

Sa question, inattendue, résonna dans la pièce. Diego s'écarta pour scruter le visage du maestro. L'enfant, retenant sa respiration, eut un instant l'impression que son émotion allait le trahir.

– Je peux juste vous dire que tout ce bordel, siffla le jeune homme, c'est la faute à un mioche.

– Un mioche ? répéta Gabriele avec un étonnement qui ne pouvait sembler que sincère.

– Oui, un mioche, conclut l'autre, à bout de forces.

En un clin d'œil, il lui serra la main, se dirigea vers la porte et disparut.

Le maestro, déçu, resta figé au milieu de la pièce, tel un prophète qu'on aurait soudain privé de son auditoire. Puis il s'approcha de la soupente et fit descendre Ciro.

Ils s'assirent tous deux sur le canapé et Gabriele, après mûre réflexion, demanda à l'enfant s'il pouvait lui indiquer où trouver une arme. Sur le coup, Ciro ne le prit pas au sérieux mais, le voyant déterminé, finit par répondre qu'un pistolet n'est utile que si l'on sait s'en servir.

– Si tu veux un flingue, dit-il, faut d'abord que j't'apprenne à tirer.

Le maestro rectifia :

– Toi, tu dois m'*enseigner*, c'est moi qui dois *apprendre*.

– C'est qui qu'tu veux tuer ? demanda Ciro avec un naturel désarmant.

Tout aussi naturellement, le maestro répliqua :

– Je te le dirai quand je l'aurai fait. Bon, où puis-je trouver une arme ?

Le garçon ne répondit pas tout de suite, se demandant, avec une réticence compréhensible, s'il pouvait se risquer à une confidence qu'il n'eût accordée à personne en temps normal. Puis il lui dit soudain – à voix basse, comme si son père pouvait l'entendre – d'aller au parc archéologique de Pouzzoles, dans l'Antre de la Sibylle. Il devait compter cinquante pas depuis l'entrée du tunnel, regarder attentivement le côté gauche du mur et s'arrêter devant un C dessiné au charbon. Dessous, il y avait une dalle qu'on pouvait soulever, sous laquelle se trouvait une cavité où son père cachait son arsenal d'armes et de munitions.

– Prends le colt, c'est plus facile à cacher et à s'en servir, mais fais gaffe, vas-y quand il fait noir, précisa l'enfant.

Le soir, après un dîner frugal, ils regardèrent un film de Totò à la télévision. Ciro, qui s'amusait comme un fou, rit de bon cœur aux répliques les plus célèbres, comme « j'ai bien noté ce jour que votre tactique au billard était celle d'une mozzarelle » ou bien « on naît dans la noblesse, on meurt dans la bassesse ».

À la fin du film, l'enfant demanda au maestro s'il était capable d'imiter Totò, et Gabriele eut enfin l'occasion d'exhiber ses talents d'acteur. Il reproduisit la célèbre démarche de marionnette du grand comique, ses mouvements de cou désarticulés et même sa façon de parler, récoltant les applaudissements de son unique spectateur.

Au moment d'aller se coucher, Ciro le serra dans ses bras et Gabriele s'aperçut qu'il sentait mauvais. Perturbé, il se fit la réflexion qu'il avait négligé les questions d'hygiène depuis l'arrivée du garçon. Il lui fit couler un bain chaud, prit un flacon de sels et en versa un peu dans l'eau, qu'il agita pour que les bulles souhaitées se forment. Puis, d'un geste, il lui indiqua la baignoire.

Les hommes connaissent le présent.
L'avenir appartient aux dieux,
seuls et pleins possesseurs de toutes les lumières.

Constantin Cavafis

7

Du haut de cette ruelle déserte, Naples pouvait sembler méditative, momentanément recueillie dans son intimité la plus secrète. Les sons étaient assourdis à l'intérieur de la voiture, comme c'est parfois le cas dans les rêves, ou du moins dans le souvenir que nous en conservons le matin, quand l'oracle muet qu'ils nous ont envoyé s'incline pour nous remettre le message crypté de la nuit.

Vue de là, Naples ressemblait aussi à une ville introvertie, disposée à dévoiler sa véritable vocation dans certains recoins reculés, sa nature solitaire et le plus souvent dissimulée avec soin, une sorte de visage flou d'elle-même, uniquement voué à la pensée et au silence.

Une petite fille s'approcha de la portière et colla ses lèvres à la vitre en un baiser obscène. L'instant d'après, elle avait disparu. Le halo tiède de son souffle persista pendant un temps infinitésimal, avec une trace de sa salive, son résidu irréductible, son essence atomique, invisible.

– Une ville sans autorité, moralement décapitée, marmonna Gabriele Santoro pour lui-même.

Il aimait parler tout seul. Peu importait si les gens s'en apercevaient. Et même, l'idée qu'on le prît pour un pauvre type qui avait perdu la raison lui plaisait.

Il se trouvait dans les quartiers espagnols, garé devant un immeuble à la façade si abîmée qu'on l'eût dite rongée par la lèpre. Il avait chargé la secrétaire du conservatoire, Emanuela, de lui trouver l'adresse de Diego.

– Pourquoi vous en avez besoin? avait demandé la jeune femme.

– J'ai un document à lui remettre.

– Je peux y aller pour vous, si vous voulez.

– Non, ne vous en faites pas, je m'en charge.

Bien qu'il attendît déjà depuis longtemps, il ne s'ennuyait pas. « J'aurais fait un bon flic, se disait-il. Pas très efficace, peut-être. Et qui se fie trop à ses intuitions. Mais quand on enquête, on est obligé d'écouter ses pressentiments. »

Balayant du regard la façade de l'immeuble, il s'aperçut qu'un homme blafard aux traits féminins l'épiait derrière une fenêtre. Par moment, il portait une graine à sa bouche et la recrachait peu après. Tout à coup, le maestro eut l'impression qu'il éclatait de rire de façon incohérente, voire délirante. « C'est peut-être un fou, pensa-t-il, qu'ils gardent reclus dans sa chambre. Les gens sains n'aiment pas les malades, c'est bien connu. Ils n'aiment pas qu'on leur rappelle l'existence de la maladie. »

Il ferma les yeux et chercha quelque chose à se réciter par cœur pour tuer le temps.

« Muni de mon argent, je quittai Naples de nuit, afin de ne pas être suivi et assassiné, comme cela arrive souvent dans ce pays. Malgré cette précaution, je fus attaqué à la Selciata par plusieurs cavaliers, contre lesquels je me défendis avec beaucoup d'adresse et de courage. »

Gabriele avait chuchoté ces phrases de Benvenuto Cellini telle une prière. Il les répéta à haute voix, fier de se souvenir de cet extrait qu'il avait eu quelque mal à apprendre. Cellini l'impétueux, son exact contraire.

Ce fut alors que passèrent deux chiens dont la démarche lui sembla presque humaine. Leur expression à la fois renfrognée et sage, comme s'ils portaient une paire de lunettes invisible, lui rappela les personnes qui ont déjà tout vu et savent distinguer le bien du mal. Mais l'un d'eux s'arrêta et perdit soudain son aplomb, courbant l'échine pour évacuer. L'autre poursuivit son chemin et disparut.

« Naples n'est pas une ville où les chiens commandent », pensa-t-il. À Palerme, en revanche, où il en avait vu un très grand nombre, il avait eu l'impression qu'ils comptaient davantage que les hommes. Il s'y était rendu vingt ans plus tôt, au mois de mai, pour un concert des Amis de la Musique, dont le programme comprenait les *Bagatelles* de Beethoven. Après les applaudissements, il s'était un peu attardé pour discuter avec l'organisateur de la soirée, dont il avait soigneusement décliné l'invitation à dîner : comme toujours, il avait laissé son penchant pour la solitude l'emporter.

Il avait erré jusque tard dans les rues du centre livré à la putréfaction. Sur une place, devant la statue de Charles Quint, deux chiens à l'attitude amicale s'étaient approchés et l'avaient escorté jusqu'à la zone de Cala avant de s'éclipser. Plus tard, sur le chemin de l'hôtel, il avait remarqué qu'ils le suivaient toujours, à distance. Il se retournait de temps en temps pour les regarder et se demandait ce qu'ils lui voulaient, à quelle obscure attirance répondait ce besoin de ne pas le perdre de vue. Une fraternité, peut-être.

L'étron, frappé par le soleil, brillait au milieu de la ruelle. Le chien avait disparu. Gabriele regarda sa montre et vit qu'il attendait depuis environ deux heures. Jusque-là, ça ne lui avait pas pesé de rester à l'affût. « L'esprit voyage mieux quand il est en attente, acquitté du devoir de faire », pensa-t-il. Repensant à sa conviction d'avoir déjà séjourné sur Terre à une autre époque, dans une autre enveloppe charnelle, il fantasma d'avoir été un chien. De ceux qui passent les journées interminables de l'été à suivre avec indolence le lent déplacement de l'ombre.

Entre-temps, la lumière avait changé de teinte. Un halo jaunâtre s'était déposé sur le sol et sur les façades des bâtiments, comme si une éclipse était en cours.

« Je devrais peut-être y aller, cette tentative d'enquête est ridicule », pensa-t-il.

– Tu sais bien que les investigations sont presque toujours des inventions, de simples conjectures, murmura-t-il pour lui-même.

Ce fut alors qu'il vit enfin Diego franchir la porte cochère, vêtu du même costume crème que le premier jour. Son ancien élève parcourut la ruelle d'un pas rapide et disparut à l'angle. Le maestro démarra. Une fois sur la petite place, il vit le jeune homme monter dans un 4x4 gris et entreprit de le suivre.

Tandis qu'il roulait, bercé par le rythme très lent de la circulation, en proie à l'hypnose qui s'emparait toujours de lui quand il conduisait, il tomba dans cet état récurrent, dont il était à sa manière spécialiste, une pensée sans but et sans trame pareille à un demi-sommeil. Au bout d'un moment, épousant son rythme, il eut la certitude de ne pas être au centre de l'univers. Il était à Naples, aux confins du monde, en train de filer un homme dont il ne savait rien, dans la tentative désespérée de sauver un enfant d'un meurtre que les autres considéraient comme inéluctable. La lumière jaunâtre devant lui, particulièrement suggestive, favorisait cet état second. L'homme dans le 4x4, un de ses anciens élèves peu doué pour la musique, roulait à quelques mètres de lui, insondable mais visible, secret mais tangible. Et tentait sans doute, à la faveur de ce paysage déliquescent, de lui envoyer un signal. Peut-être s'était-il aperçu qu'il le suivait et tâchait-il de le conduire à destination. Au sens littéral du terme, cet inconnu œuvrait pour que Gabriele Santoro pût rencontrer son destin – un but vers lequel tout le monde devait tendre tôt ou tard.

Ils passèrent devant l'agence de location de bateaux Darsena Acton, puis empruntèrent le tunnel. Le maestro alluma la radio, chercha une fréquence musicale et tomba sur la *Sonate pour piano n° 32* de Beethoven. Il était ravi de pouvoir l'écouter. L'espace d'un moment, il cessa de penser et s'abandonna au courant, tel un fugitif qui ne sait plus où il se trouve, ni même qui il est. Il se perdit dans cette forme suprême d'adieu, dans le refuge de ces seize mesures, et Ciro lui apparut soudain. Il l'imagina assis en larmes à son bureau, en train d'attendre, les yeux fermés, recueilli en lui-même, en proie au repentir et à la douleur. Ça ne dura qu'un instant, puis il se rendit compte que le 4x4 se garait.

Ils étaient arrivés au Vomero, mais il n'avait pas la moindre idée du nom de la place sur laquelle ils avaient débouché. Diego descendit de voiture et traversa l'esplanade pour entrer dans une boutique dont l'enseigne disait INTERNET POINT. Gabriele sortit à son tour et, du trottoir d'en face, vit Diego parler à un homme assis à un bureau puis ouvrir une porte et disparaître. Il regagna sa voiture et attendit.

Son ancien élève réapparut au bout de trois heures et s'arrêta pour discuter avec un individu barbu dont la lèvre s'ornait d'un piercing. Ils plaisantaient, fumaient, se chuchotaient des choses à l'oreille. Ce fut alors que De Vivo sortit lui aussi de la boutique. Le maestro ne l'avait vu qu'à la télévision, mais il le reconnut aussitôt, entre autres à son attitude improbable de star de la haute finance.

Le caïd salua Diego et le barbu puis se dirigea vers sa voiture. Gabriele se souvint d'avoir lu qu'il était fou d'automobiles et qu'il aimait les conduire en personne. En l'occurrence, il s'agissait d'une BMW. « Peut-être, pensa le maestro, celle de l'homme chauve aux yeux de glace chargé de veiller sur sa mère quand elle faisait des courses dans le centre. »

Il le vit s'installer au volant, passer un appel, puis démarrer et partir. Il entreprit de le filer. Une demi-heure plus tard, il était sur le périphérique, où il tomba dans son état second familier, feuilleté d'images arrachées à d'autres vies que la sienne. Lorsqu'il réémergea de ce flux magnétique, il découvrit qu'il se trouvait entre un lac et un hôtel. Jetant un regard autour de lui, il comprit qu'il était au bord du Lucrin[1]. À quelques mètres de lui, De Vivo était en train de fermer la portière de sa BMW. Gabriele le vit s'allumer un cigare et se diriger vers le petit hôtel à la façade en forme de tour, où il entra. Au bout de quelques minutes, le maestro le suivit. Il s'approcha d'un comptoir de petite taille situé dans un vestibule sordide. Comme il ne voyait pas le caïd, il demanda une chambre à la réceptionniste.

– Vous avez le choix, dit la femme, on n'en a que quatre, mais trois sont libres.

Il remarqua son front étrangement dégarni, qui lui faisait un visage disproportionné, avec trop d'espace en haut et pas assez en bas. Il crut un instant qu'elle allait lui demander ses papiers mais se fit la réflexion que l'hôtel devait garantir une certaine discrétion à sa clientèle, surtout intéressée par la location à l'heure. Elle lui tendit une clé et lui annonça que l'ascenseur était en panne.

– Dommage, vous allez devoir prendre l'escalier, précisa-t-elle d'un ton complaisant. C'est au deuxième, mais c'est comme si c'était un premier.

1. Petit lac situé à une quinzaine de kilomètres de Naples et séparé de la mer par une mince bande de terre.

Il monta rapidement les marches et se retrouva dans un couloir avec une enfilade de quatre portes. À en juger par la succession des numéros, sa chambre devait être la dernière. Il passa devant les autres en tendant l'oreille. Au niveau de la troisième, il entendit une toux derrière le battant et s'arrêta. Le même son lui parvint au bout d'un moment. Sans doute produit par les bronches de De Vivo, supposa-t-il. Il poursuivit jusqu'à la porte de sa chambre et l'ouvrit.

Une odeur nauséabonde d'œufs pourris l'accueillit. Le sol était couvert d'une moquette claire tachée par endroits. La brise fraîche du soir, entrant par la fenêtre grande ouverte, gonflait le rideau vert. Gabriele s'en approcha et observa la mer jaunâtre. Tout à coup, il distingua la voix altérée du caïd, qui parlait de toute évidence au téléphone :

– Tu pouvais m'le dire ! Vous m'cassez vraiment les couilles. Faites plus rien, ça suffit comme ça. J'arrive.

La porte de la chambre voisine s'ouvrit peu après et se referma. Le maestro laissa passer quelques instants et sortit à son tour. Il eut le temps de voir De Vivo dévaler l'escalier et lui emboîta aussitôt le pas. Quand il arriva dans le vestibule, il vit le caïd, de dos, rendre les clés à la réceptionniste en disant :

– Y a eu un putain de bordel, t'as qu'à lui dire qu'on se voit jeudi même heure.

De Vivo s'éloigna et disparut. Ce fut alors que la femme remarqua la présence de Gabriele. Elle lui demanda s'il avait besoin de quelque chose.

– Oui, d'une bouteille d'eau fraîche, répondit-il sans se démonter.

Elle se leva pour aller en chercher une dans le réfrigérateur du bar et la lui tendit.

Gabriele regagna sa chambre, où il regarda une émission de télé sans le son. Il laissa passer deux heures puis se leva calmement et sortit. Il rendit les clés à la réceptionniste et demanda sa note. Elle le regarda d'un air surpris.

– Ça fait quarante, dit-elle.

Le maestro paya en liquide et dit qu'il reviendrait sans doute la semaine suivante. La femme ne commenta pas, fit un geste vague de la main et se replongea dans ses mots croisés.

De retour chez lui, Gabriele trouva Ciro contrarié et grognon. Il tenta de plaisanter mais comprit vite qu'il était vain d'essayer de percer sa cuirasse. « C'est compréhensible, pensa-t-il. Il est resté seul toute la journée, sans échanger un mot avec personne. La solitude, elle est lourde pour tout le monde. Pour un enfant, n'en parlons pas. »

Ils passèrent la soirée à regarder un film policier à la télévision puis allèrent se coucher.

Tard dans la nuit, le maestro se leva et alla dans la chambre de Ciro, où, comme d'autres fois, il s'assit sur une chaise pour le regarder dormir.

Son corps abandonné semblait assailli par des êtres hostiles. Il murmurait des mots incompréhensibles et se tordait, épuisé par l'interrogatoire impitoyable mené par le chef invisible du clan ennemi. À un certain moment, il poussa un cri déchirant, comme si une terrible anamnèse avait lieu dans les ténèbres de son corps et de son esprit, ou un implacable règlement de comptes. Puis il se calma tout d'un coup et son sommeil reprit son cours serein.

Ce sont là autant de provocations gratuites.

Constantin Cavafis

8

Après avoir roulé une demi-heure, Gabriele Santoro s'arrêta à l'IperCoop de la via Masullo. C'était samedi, le supermarché était bondé. Bien qu'il n'y fût jamais allé, il se déplaça avec aisance parmi les rayons. Il savait enfin ce qu'il fallait acheter pour contenter Ciro, qui était très difficile. Il détestait le poisson et, en matière de viande, ne mangeait que des côtelettes. Il était fou de provola mais avait horreur de la mozzarelle. Pas moyen de lui faire avaler des légumes secs et, parmi le riche éventail du monde végétal, seules les tomates et les pommes de terre trouvaient grâce à ses yeux.

Le maestro se présenta à la caisse avec un chariot plein, du jamais vu. Cinq sacs furent même nécessaires pour contenir toutes ses courses. Quand il sortit dans la rue, il les posa par terre, alluma une cigarette et regarda autour de lui, car il ne se souvenait pas où il avait garé sa Ford. Ce fut alors qu'il avisa Gaudenzi, son voisin, qui s'approchait en souriant :

– Mon cher, quel plaisir, je ne savais pas que vous fréquentiez vous aussi ce supermarché. J'y viens souvent, j'accompagne ma fille, qui habite à deux pas d'ici.

Gabriele le vit scruter ses sacs avec curiosité, puis l'homme demanda d'un ton mielleux :

– Je vois que vous avez fait de grosses courses ! Si vous voulez, je vous donne un coup de main. Où est votre voiture ?

Bien que le maestro tentât de s'y opposer, Gaudenzi ramassa un sac rempli d'aliments pour Ciro, qu'il observa sans dissimuler sa stupeur : il y avait du fromage à tartiner, des gaufrettes au chocolat, divers types de goûters et, pour couronner le tout, une petite voiture Spider remplie de bonbons et de chocolats.

– C'est pour mon neveu, inventa le maestro, qui ne put toutefois s'empêcher d'avoir l'air gêné.

Ils se dirigèrent vers sa Ford, et le voisin, avec sa gentillesse habituelle, l'aida à mettre les sacs dans le coffre. Alors qu'ils allaient prendre congé, il lui posa une question inattendue en chuchotant :

– Vous avez appris la nouvelle ?

– Non.

– Il paraît que la mère de De Vivo est morte.

– Quand ça ?

– Hier après-midi. J'ai rencontré la femme de Carmine Acerno devant la loge du concierge, elle m'a dit que les funérailles auraient lieu la semaine prochaine à Santa Lucia a Mare.

Gabriele fut si bouleversé que sa vue se troubla. Pour tenter de se calmer, il se concentra sur le visage de son interlocuteur, qu'il vit d'abord flou, puis déformé, curieusement allongé, tel un portrait du Greco – un effet de la peur. « Il y a des visages qu'on ne prend pas la peine de détailler, sur lesquels on évite de s'attarder », pensa-t-il lorsqu'il parvint enfin à accommoder. Il remarqua pour la première fois à quel point celui de son voisin, qu'il avait toujours considéré comme affable et gentil, était en fait fuyant et ambigu. Pendant un instant, il soupçonna Gaudenzi de l'avoir filé et de collaborer lui aussi avec la Camorra. L'homme le dévisageait d'un air finaud. Il attendait que le maestro dise quelque chose, mais ce dernier, après plusieurs balbutiements, préféra comme toujours garder le silence. Gaudenzi ne se découragea pas :

– Ça fait une semaine que le fils de Carmine s'est échappé. Et ils n'ont toujours pas retrouvé sa trace. L'atmosphère est irrespirable, j'ai l'impression de vivre en état de siège. Vous, quelle est votre opinion là-dessus ?

– Je n'ai pas beaucoup d'occasions de parler aux gens, je passe le plus clair de mon temps seul chez moi. De quel siège voulez-vous parler ?

– Le nôtre. Vous n'avez pas remarqué qu'ils nous contrôlent jour et nuit ?

Gabriele fit une vague grimace puis tendit la main :

– Je dois vraiment y aller. Merci pour votre aide.

Il monta dans sa Ford et démarra, suivi par le regard curieux de son voisin.

Il se gara à dessein loin de chez lui et laissa les sacs dans le coffre. Il fit un large détour pour éviter de traverser la place. Alors qu'il se hâtait vers son immeuble, il tenta de se rappeler dans quel roman – ou peut-être était-ce dans une magnifique nouvelle de Chesterton – il avait lu ces phrases qui étaient restées gravées dans sa mémoire : « Ce qui change le monde, ce n'est pas ce qui est dit, ni ce qui est blâmé ou loué, mais ce qui est fait. Le monde ne se remet jamais de ce qui est fait. Et en ce moment, le meurtre d'un homme est une chose qui doit être faite. »

Tandis que ces mots résonnaient dans sa tête, Gabriele se demanda si un homme tel que lui serait capable de tuer. « Il ne suffit pas d'avoir une arme et de savoir s'en servir, pensa-t-il. Il faut aussi être bien disposé envers la mort, et moi, je ne l'ai jamais été. On peut feindre d'être différent de ce qu'on est, mais pas par rapport à cette question. C'est peut-être justement la pensée de la mort qui rend le chemin de l'homme grandiose. »

Tandis qu'il passait devant le comptoir du concierge, *'o chiatto* lui demanda une cigarette. Il lui tendit son paquet :

– Prenez-en deux si vous avez fini les vôtres.

L'homme dévoila ses dents gâtées. Après avoir extrait une cigarette et l'avoir portée à ses lèvres, il s'approcha pour que le maestro l'allume puis le remercia, sa voix produisant soudain un son fluet en totale contradiction avec sa corpulence. Gabriele, esquissant une de ses courbettes raides, se remit en marche mais s'entendit rappeler au bout de quelques pas :

– Vous savez, monsieur, hier, c'est moi qui ai jeté vos ordures dans la benne. Vous en produisez beaucoup pour quelqu'un qui vit seul.

Gabriele se retourna : *'o chiatto* s'était avancé jusqu'au pied de l'escalier et le regardait avec une expression aussi attentive qu'indéchiffrable. Le maestro revit le moment où, la veille au soir, il avait voulu descendre dans la rue le sac-poubelle qu'il avait placé devant sa porte, et avait constaté avec surprise sa disparition. Il s'était demandé qui avait pu s'en emparer, puis avait renoncé à comprendre et refermé sa porte.

– Pourquoi vous avez fait ça ? s'enquit-il.

– Pour vous donner un coup de main. Je vous demande pardon si je vous ai manqué de respect.

Telle fut la maigre réponse du sbire de De Vivo.

Un étrange sourire apparut sur le visage de Gabriele. Il venait de se rappeler un grand roman dont le titre lui échappait, où les détritus servaient d'outil d'investigation : la *garbage science.* Une phrase lapidaire était restée gravée dans son esprit : « Les ordures ne mentent jamais. » Mais dans le cas présent, c'étaient les délinquants qui menaient l'enquête.

– Ne vous inquiétez pas, dit-il, il est rare que mes ordures soient si abondantes. Hier, c'était exceptionnel, j'en ai profité pour me débarrasser de certaines choses inutiles. Depuis quand avez-vous repris la loge ?

Cette fois, ce fut *'o chiatto* qui lui adressa un sourire, mais ironique et disgracieux.

– Vous avez mal compris. Je ne suis pas le nouveau concierge. Je suis ici pour aider un ami, juste pendant quelques jours.

– Ah, grogna le maestro.

Après un signe incompréhensible de la main, il continua à monter l'escalier.

Une fois chez lui, il courut à son bureau pour vérifier dans son journal ce que l'enfant et lui avaient mangé la veille. Depuis quelques années, il notait en effet de façon obsessionnelle non seulement ce qu'il lisait, écoutait et visionnait, mais aussi ce qu'il mangeait. « Déjeuner : spaghettis à la sauce tomate et, pour le petit, deux Kiri et une pomme. Dîner : cuisse de poulet au four avec pommes de terre pour lui, yaourt et brocolis-raves pour moi, avec un demi-verre d'Aglianico. »

Il tenta de se rappeler si le sac-poubelle contenait aussi les déchets de l'avant-veille, et l'exclut. Il avait coutume de s'en débarrasser jour après jour. Il poussa un soupir de soulagement.

« Il s'agit bel et bien d'un siège, se dit-il. Mais en ce qui concerne les déchets, je peux être tranquille. Ça aurait été une autre paire de manches s'ils avaient trouvé les os de deux cuisses de poulet ou les arêtes de deux poissons. En tout cas, si ça continue comme ça, il sera de plus en plus difficile d'échapper à leurs tenailles. »

Il se leva pour chercher Ciro. Il le trouva devant un téléfilm – allemand, à vue de nez – sans le son, tellement occupé à lire sur les lèvres des acteurs qu'il ne s'était même pas aperçu de son retour.

– Y a quelqu'un qui a sonné, mais j'ai pas ouvert, dit le garçon sans même se retourner, les yeux toujours rivés sur les mouvements de lèvres de la fillette blonde.

– Qui c'était ? Tu l'as vu ?

Le garçon acquiesça mais n'ajouta rien.

– Alors ?

– Un mec que j'connais pas et qu'avait un paquet dans sa main, dit Ciro d'un ton négligent.

– Je n'attends aucun colis, rétorqua Gabriele.

L'enfant finit par se retourner pour le regarder, étonné et même alarmé. Le maestro, ravalant sa propre inquiétude, s'efforça de le rassurer et sourit.

– Mets le son, maintenant tu peux, ajouta-t-il avec entrain.

Puis, prenant la télécommande, il s'en chargea lui-même. La voix doublée de la fillette se révéla insupportable et affectée. Ciro, larguant de nouveau les amarres, se replongea avec volupté dans l'intrigue.

Gabriele se réfugia dans son bureau, conscient de sa dépendance embarrassante. Oui, il était devenu, à tous égards, dépendant de Ciro. L'intrus qui s'était introduit par hasard un matin dans son appartement occupait désormais le cœur de ses pensées : la musique, la lecture, la concentration, ces déesses qui avaient jusque-là présidé à sa vie d'homme solitaire avaient été balayées, cédant la place à un dieu-enfant.

Il s'assit dans son fauteuil et resta très longtemps ainsi, absorbé par ses pensées. Repensant à l'homme qui avait fouillé ses ordures pour interroger leur signification et tenter de comprendre si elles étaient compatibles avec sa solitude, il se demanda d'où lui venait le calme inexplicable avec lequel il affrontait une affaire aussi dangereuse, dont toute personne saine d'esprit se serait tenue soigneusement à l'écart.

Dans un effort pour réagir, il finit par prendre des feuilles de papier et tenta de faire la liste des questions qu'il avait coutume de poser à ses étudiants au début d'un cours : Quelle a été votre expérience d'écoute la plus exaltante ? Quel est votre pianiste préféré ? Décrivez une image mentale possible du son d'une *Partita* de Bach. Puis il renonça, ennuyé et démotivé.

Il jeta un coup d'œil dehors et s'aperçut qu'il faisait déjà noir. Le moment d'aller chercher ses sacs dans le coffre de la Ford était venu.

Il enfila sa veste et sortit sur le palier. Chaque étage de l'immeuble était une galerie ouverte donnant sur la cour. Il se pencha pour observer le comptoir du concierge sous le porche, qui lui parut désert. Il descendit l'escalier avec précaution et constata que *'o chiatto* était parti. Il traversa la cour, poussa la porte cochère et regarda dans la rue. Pas un chat, là non plus. S'efforçant de maintenir une allure normale, il se dirigea vers le quartier où il avait garé sa Ford. Il ne la retrouva pas tout de suite et crut avoir perdu le sens de l'orientation. Il fit deux fois le tour du pâté de maisons en vain. Comprenant qu'il s'était trompé, il poussa un peu plus loin et finit par la retrouver.

Il ouvrit le coffre et en tira les sacs, puis entreprit de rentrer en faisant un détour. En chemin, il croisa deux types qu'il n'avait jamais vus dans les parages. Une fois franchie la porte de son immeuble, il se dirigea vers l'ascenseur sans allumer la lumière. Il monta à son étage, sortit sur le palier sombre et n'eut même pas le temps de prendre sa clé que déjà la porte de son appartement s'ouvrait.

– J't'ai vu par le p'tit trou, dit Ciro.

Gabriele se hâta d'entrer. Il lui dit d'une voix altérée qu'il ne devait pas se risquer à ouvrir et lui demanda de jurer qu'il ne le ferait plus. L'enfant, effrayé par son ton, obtempéra. Le maestro entreprit ensuite de ranger ses achats dans les placards de la cuisine et dans le réfrigérateur.

– Hou là là, mais qu'est-ce tu vas faire avec tout ça ?

L'étonnement de Ciro, qui semblait sincère, fit naître un étrange sourire sur le visage de Gabriele.

– Tout peut arriver à partir de maintenant, dit-il. Il faut qu'on soit prêts à toute éventualité.

– Qu'est-ce tu veux dire, tout quoi ? le pressa l'enfant.

Pendant un instant, le maestro fut tenté de lui dire que la mère de De Vivo était morte. Mais il se rendit aussitôt compte que Ciro ne supporterait pas la nouvelle.

– On ne sait jamais, mieux vaut avoir des réserves, conclut-il sur un ton expéditif et faussement léger.

Ciro ne tarda pas à oublier son inquiétude. Quant à Gabriele, il reprit son travail. Mais un autre imprévu survint peu après, comme pour démontrer une fois pour toutes à quel point sa vie était devenue chaotique et incontrôlable.

C'est nous qui empêchons de s'accomplir l'ouvrage des dieux,
nous les créatures de l'instant, impatientes et maladroites.

Constantin Cavafis

9

Lorsque le son de l'interphone déchira le silence feutré de l'appartement, Gabriele Santoro trouva son écho de mauvais augure. En proie à ce funeste pressentiment et à l'anxiété, il courut répondre.

– C'est moi, fit une voix assurée au timbre chaleureux, qu'il reconnut aussitôt.

Très surpris, il vérifia la date sur sa montre : le 9 octobre. Puis il demanda à Ciro de se cacher dans la soupente et de se préparer à y rester un certain temps : l'invité qui était sur le point d'arriver resterait dîner. L'enfant ne cilla pas, laissa le maestro le conduire jusqu'à ce réduit qu'il connaissait bien, où il se glissa tel un chat. Le maestro ferma la trappe et retourna dans l'entrée :

– Monte, Biagio, dit-il dans le combiné. Désolé, l'interphone me joue parfois des tours.

Il appuya sur le bouton pour actionner l'ouverture de la porte. Un homme d'une quarantaine d'années, au charme indéniable, ne tarda pas à faire son apparition. Gabriele l'accueillit avec cette familiarité qu'on réserve aux vrais amis et le serra dans ses bras avec affection.

Après s'être installé dans le canapé, l'invité jeta un coup d'œil autour de lui et remarqua que rien n'était prêt pour le dîner, que la table n'était même pas mise.

– Dis-moi la vérité : tu avais oublié ? demanda-t-il.

– Mais non, qu'est-ce que tu dis ? répondit le maître de maison en simulant une assurance qu'il avait perdue depuis longtemps.

– Depuis le temps qu'on fête notre rencontre, insista Biagio, c'est la première fois que tu ne m'accueilles pas avec une bouteille de champagne dans un seau.

De son poste d'observation, Ciro pouvait suivre la conversation comme au cinéma. Il s'était placé devant une fissure qui lui permettait d'étudier en détail le mystérieux jeu de regards auquel les deux hommes se livraient.

– Oui, c'est vrai, j'avais oublié, finit par avouer Gabriele, un peu gêné.

Un malaise perceptible s'instaura entre eux.

– C'est normal, commenta le quadragénaire, on ne peut pas s'obstiner à célébrer une chose qui est terminée, et même morte et enterrée.

Il avait une inflexion traînante et une façon quelque peu excentrique de gesticuler.

– N'en faisons pas tout un plat, ajouta-t-il d'une voix conciliante. Après tout, on peut aller dîner dehors. L'essentiel, c'est de passer un moment ensemble.

La réponse du maestro fut galante :

– Je préfère rester ici, et j'ai tout ce qu'il faut pour te préparer un bon repas. Tu vas juste devoir t'armer de patience.

– Tu sais que ça m'amuse de te regarder cuisiner, conclut son ami sur un ton si léger qu'il frôlait la vacuité.

Gabriele plissa les yeux et s'apprêta à lui envoyer un signe d'entente mais s'abstint au dernier moment, devinant que Ciro les espionnait. En effet, l'enfant ne perdait pas une seule mesure de cette insolite partition émotionnelle. Il les observait avec un étonnement mêlé d'une certaine fascination.

– Je n'ai pas ton Bollinger, mais je peux t'offrir un excellent vin blanc, poursuivit le maestro, qui se leva.

– C'est parfait, le rassura Biagio.

Après un geste cérémonieux, Gabriele disparut en direction de la cuisine, et l'invité demeura seul. Il se mit à évoluer dans l'espace comme s'il était chez lui, avec la désinvolture de quelqu'un qui a une connaissance intime d'un lieu. Il se dirigea vers les vinyles exposés sur l'étagère et, après les avoir examinés avec attention, en sortit un.

– Ça te va si je mets de la musique ? demanda-t-il à voix haute.

– Bien sûr, vas-y, répondit le maestro.

Avec la dextérité d'un utilisateur régulier, Biagio posa le disque sur le plateau et abaissa avec précaution la tête de lecture. Les notes célestes de la *Fantaisie et Fugue en la mineur, BWV 904* de Jean-Sébastien Bach, dans l'interprétation admirable d'Alfred Brendel, se déployèrent dans la pièce. Bien que Ciro ne fût pas familier avec la musique classique, ces sons lui parurent agréables.

Au bout d'un moment, le séduisant quadragénaire s'appuya contre le chambranle de la cuisine pour regarder Gabriele préparer le repas. L'enfant le voyait de dos, puis l'invité avança et sortit de son champ de vision.

Comme il ne pouvait plus les observer, Ciro décida de fermer les yeux, entraîné par la perfection des accords de musique, et se laissa emporter par le vertige de cet enchantement sonore. Lorsque le morceau s'acheva et qu'il rouvrit les yeux, Biagio était de nouveau visible, assis dans un fauteuil, un verre à la main. Il avait ôté sa veste, qu'il avait placée sur le dossier d'une chaise, ce qui mettait en évidence sa chemise bleu cobalt. La table avait été dressée.

– Tu n'appelles jamais, reprocha l'invité à son hôte. Et ces derniers jours, tu as carrément disparu.

– J'ai été très occupé au conservatoire, répondit Gabriele, soudain sur la défensive.

Ils se turent pendant un moment, puis le maestro fit son apparition avec un plat de pâtes qu'il posa sur la table. Les deux amis échangèrent un regard étrange. Ensuite Biagio se leva pour aller s'asseoir à sa place habituelle. Ils commencèrent à manger en silence.

Ciro continuait à les surveiller avec le sentiment que quelque chose lui échappait, se dissimulait dans leur façon de se parler, de se regarder ou de se taire, quelque chose dont il était exclu.

– Qu'est-ce que tu as ? demanda Biagio. Tu as l'air inquiet…

– Rien du tout, pourquoi tu dis ça ?

– J'ai l'impression de t'avoir dérangé.

– Non, tu ne m'as pas dérangé.

– On ne dirait pas. Tu as l'air impatient que je m'en aille.

Sur ce, Biagio se leva, prit sa veste et l'enfila.

– Peut-être qu'il vaut mieux qu'on se revoie un autre jour, ajouta-t-il.

Il se dirigea vers la porte. Gabriele se leva aussi et, d'un geste rapide, attrapa le bras de son ami, comme s'il voulait l'empêcher de partir. Biagio, encore plus vif, se tourna vers lui et l'embrassa.

Ciro ne pouvait pas être sûr qu'il l'embrassait sur la bouche – de sa position, il ne voyait que la nuque de Gabriele – mais, se fondant sur le temps qui s'écoulait, il eut la nette impression que le quadragénaire donnait au maestro un baiser comme ceux que les hommes donnent aux femmes. Peu après, il remarqua que Gabriele repoussait vigoureusement son ami. Ce dernier ouvrit la porte avec brusquerie et disparut.

Le maestro ne bougea pas tout de suite. Ciro le voyait de profil, aussi immobile qu'une statue. Puis Gabriele finit par se retourner et entreprit de débarrasser la table. Ce fut alors que le garçon se mit à frapper à la trappe, si fort que son protecteur dut le libérer sans attendre. Une fois descendu de la soupente, Ciro se mit à hurler :

– T'aurais pu m'le dire que t'es une tantouze de merde !

Le maestro, avec un calme indéfinissable, continuait à le fixer du regard sans broncher.

– Sale pédé, si tu m'l'avais dit, j'serais pas resté une minute de plus avec toi, espèce d'enculé !

Et Ciro éclata d'un rire vulgaire.

Gabriele ouvrit la porte d'entrée en grand, souleva le petit par les épaules et le déposa sans douceur sur le palier, où il resta recroquevillé. Puis il referma et laissa passer quelques moments qui lui parurent interminables avant de rouvrir.

Le palier était désert, Ciro avait disparu.

Gabriele descendit l'escalier en courant jusqu'au rez-de-chaussée, où il entra dans la loge du concierge. Il fit le tour du petit appartement crasseux : rien, aucune trace de l'enfant.

De retour sous le porche, pris de panique, il sortit dans la rue, mais, bien entendu, Ciro n'y était pas. Il s'arrêta un instant pour reprendre son souffle et, fermant les yeux, l'imagina torturé par son père.

Envahi par un tourbillon d'images perturbantes, il rentra et se rua vers l'escalier, qu'il se mit à gravir à toute vitesse. Jusqu'au moment où il trébucha et, en tombant, déchira son pantalon au niveau de son genou gauche. Il se releva comme si de rien n'était et se remit à courir.

Lorsqu'il atteignit le palier des Acerno, il fut pris de bronchospasme. Il attendit que ce râle si caractéristique se fût un peu atténué avant de sonner à la porte, qui ne tarda pas à s'ouvrir sur Angela, la mère de Ciro. Elle le regarda, visiblement déconcertée par la mine bouleversée de son visiteur.

– Bonjour, qu'est-ce que vous voulez? demanda-t-elle après l'avoir scruté avec attention.

Gabriele jeta un coup d'œil derrière elle et aperçut un coin de salon vide, puis son regard revint se poser sur la femme. Elle avait les traits délicats malgré son expression dure, aigrie par la vie. Il la dévisagea pendant un temps très long sans dire un mot mais en bougeant ses lèvres comme s'il cherchait les mots justes.

– Vous vous sentez mal? demanda la femme, alarmée. Je me trompe, ou vous êtes le professeur de piano du quatrième? Hein?

Gabriele inclina légèrement la tête en guise de réponse.

– Vous voulez que j'appelle un médecin?

– Non, ce n'est rien de grave.

– Venez, entrez un instant. Je vais vous donner un verre d'eau.

Elle le précéda dans un petit couloir puis s'effaça devant lui à l'entrée du salon. Elle lui fit signe de s'asseoir sur une des chaises de style Empire disposées autour de la table, et le maestro obéit docilement. Jetant un coup d'œil autour de lui, il fut aussitôt certain que Ciro n'était pas là. « Elle est seule, ses autres enfants ne sont pas encore rentrés, pensa-t-il. Il est évident que la douleur la détruit, mais elle ne la montrera jamais aux autres, elle a appris qu'il fallait toujours la cacher. »

– On habite dans le même immeuble mais on ne se croise jamais, dit-il à voix basse, par politesse. Ça peut paraître bizarre mais ça ne l'est pas, car je sors rarement.

Elle lui servit un verre d'eau, qu'il but à petites gorgées, avalant à contrecœur.

Ce fut alors que le téléphone sonna. La femme alla répondre dans la pièce voisine. Gabriele constata qu'elle baissait le ton. Il ne distingua qu'une phrase dans ce murmure indistinct : « Il a dû se sentir mal, peut-être qu'il cherchait de l'aide. » Puis, plus rien. Au bout d'un moment, elle réapparut et il se leva.

– Merci madame, dit-il, je peux y aller maintenant.

Angela l'escorta sans un mot jusqu'à la porte. Ce fut seulement alors qu'elle s'aperçut que le maestro avait le pantalon déchiré au genou. Ils se regardèrent de nouveau mais détournèrent aussitôt les yeux, par timidité ou peut-être par pudeur.

Elle le laissa passer et lui murmura :

– Bonne soirée.

Il répondit d'un simple geste de la main. Pendant un moment, elle le suivit du regard dans l'escalier puis ferma sa porte.

En arrivant à son palier, le maestro trouva Ciro dans la position où il l'avait laissé : agenouillé par terre, tête baissée. Il se pencha vivement dans la cage d'escalier pour contrôler si quelqu'un l'avait vu ou entendu, avant de prendre l'enfant dans ses bras et de le porter jusqu'à sa chambre. Il le toisa un instant puis le gifla. Ciro gémit de douleur mais accueillit le coup sans broncher, comme si ce geste pouvait sceller le lien qui avait commencé à l'unir à son sauveur.

Ils ne se reparlèrent pas ce soir-là. À onze heures, Gabriele réchauffa les restes de pâtes de son dîner avec son amant et se prépara un plateau qu'il emporta dans sa chambre. Il laissa le reste sur une assiette pour le petit. Une demi-heure plus tard, Ciro s'assit dans la cuisine et en mangea quelques bouchées.

Puis, chacun dans son lit, ils glissèrent tous deux dans le sommeil. Mais l'enfant se réveilla au cœur de la nuit et, tourmenté par le doute, alla dans le bureau du maestro. Il prit dans une boîte la clé avec laquelle, en certaines occasions, il l'avait vu ouvrir un tiroir. Il en fit autant et se mit à fouiller. Outre un chéquier, une paire de lunettes, des bijoux, dont un collier de perles, il y avait la photo d'un quadragénaire où il n'eut aucun mal à reconnaître l'homme qui avait embrassé le maestro. Il l'observa un moment: derrière un Biagio souriant, on pouvait distinguer la façade ombragée d'un palais vénitien. Puis il referma le tiroir, rangea la clé dans la boîte et s'approcha prudemment de la chambre de Gabriele. Il le trouva plongé dans un profond sommeil. Allongé sur le dos comme à son habitude, les bras le long du corps, dans la posture d'un gisant.

L'enfant s'attarda pour regarder ses rides, ses yeux, ses mains. Au bout d'un moment, fatigué, il s'assit sur le lit à côté de lui. Et bientôt, sans s'en rendre compte, il s'endormit.

Quelques heures plus tard, le maestro se réveilla en entendant un murmure. Il se tourna et vit Ciro étendu à ses côtés. Il était plongé dans le sommeil mais parlait en bougeant les mains, à gauche et à droite, comme s'il était à la merci de l'ennemi, sur le point de succomber. En l'observant plus attentivement, Gabriele découvrit une tache humide sous son corps maigre. Il la toucha et comprit qu'il s'agissait d'urine. Incrédule, il resta le regard rivé sur l'enfant et sentit les larmes lui monter aux yeux. Il n'aurait su dire pourquoi, mais il était submergé par une émotion immense, qu'il n'avait pas éprouvée depuis longtemps.

Ciro, recroquevillé comme s'il était attaqué, donnait encore plus l'impression d'être sans défense. Ses yeux étaient deux fentes tremblantes, ses bras couverts de petites cicatrices serraient l'oreiller tandis que ses jambes fines gigotaient en l'air puis se repliaient, vaincues par une force inexorable. Il n'avait pas cette expression tendre propre aux enfants, au contraire, la sienne était dure.

Attentif à ne pas le réveiller, Gabriele le déplaça en douceur vers le côté sec du lit. Puis il rabattit la couverture sur lui. Il resta immobile en pensant à la façon dont sa vie avait changé depuis l'arrivée de l'enfant. Il était au moins parvenu à chasser les fantômes inutiles qui peuplaient sa solitude. Parmi les compagnons habituels de ses journées, le seul à résister était Cavafis. Ce poète de bougies, de fenêtres, d'ombres, de débauches mélancoliques, continuait à lui mettre du baume au cœur.

Cette passion née par hasard dans sa jeunesse, lorsqu'un ami lui avait fait don d'un petit livre du poète, il l'avait par la suite cultivée avec ferveur, presque avec dévouement. Il avait approfondi sa biographie, reconstituant le déroulement ordinaire de sa vie alexandrine, ainsi que ses itinéraires à travers la ville – en passant par la rue Chérif Pacha, devant la Bourse, sur la place des Consuls, aujourd'hui connue sous le nom de place Mohammed Ali – et que ses errances dans la partie musulmane, où se trouvaient le cimetière et la colonne de Pompée, ou encore dans le quartier de Moharem Bey, les gares de Sidi Gaber et Bulkeley, sur la ligne pour Ramleh et Aboukir. Il connaissait désormais les moindres détails de son existence, à toutes les époques : la période mondaine, les années difficiles de son emploi au ministère de l'Irrigation, les mois cruciaux où il en vint à se définir comme un raté. Et, bien sûr, Gabriele avait lu tous les commentaires à son sujet, même ce fragment du journal de E. M. Forster où le grand écrivain anglais, en 1916, lors d'une visite à Cavafis, avait noté qu'il était tombé amoureux d'un conducteur de tramway égyptien. Tout comme il connaissait la célébrité inattendue rencontrée aux États-Unis par le poème *Ithaque* quand, en 1994, il fut choisi pour honorer la mémoire de Jacqueline Kennedy lors de ses funérailles.

Las de ces pensées stériles, Gabriele se leva et se rendit dans son bureau. Il se mit à chercher un livre où il se souvenait d'avoir lu une note du poète qui semblait écrite pour lui, Gabriele Santoro. Une des étagères de sa bibliothèque était entièrement dédiée à Cavafis, et il feuilleta un par un les volumes jusqu'à ce qu'il trouvât enfin le passage recherché. Il le lut en chuchotant :

De même qu'un bon tailleur fait un costume qui sied à ravir à un homme (ou peut-être à deux) et un pardessus qui peut aller à deux ou trois personnes, mes poèmes peuvent convenir dans un cas ou deux, voire trois. La comparaison peut sembler (mais ce n'est qu'une apparence) un peu humiliante ; je crois au contraire qu'elle est heureuse, et consolatrice. Si mes poèmes n'ont pas une application générale, ils en ont une particulière. Ce n'est pas rien, c'est une garantie de leur vérité.

Voilà : avec le temps, Gabriele s'était convaincu que le poète d'Alexandrie avait écrit certaines de ses plus belles poésies en pensant à lui, qu'il les avait façonnées sur sa vie, tel un vêtement. Depuis, Cavafis était devenu son ombre.

Plus tard, alors qu'il revenait contempler le visage fier et douloureux de Ciro, deux autres de ses vers affleurèrent aux lèvres du maestro – *sur cette peinture, je regarde à présent / un bel adolescent qui, près de la fontaine, s'est allongé.*

J'ignore si la perversion donne de la force. Parfois je le crois.
Mais je suis certain qu'elle est source de grandeur.

Constantin Cavafis

10

À six heures du matin, le ciel de Naples avait la couleur indéfinie du blanc d'œuf, comme si quelqu'un – Dieu ? – s'était amusé à le parsemer entièrement de taches gélatineuses.

Gabriele Santoro prépara la cafetière et la mit sur le feu, puis il s'alluma la première cigarette de la journée. Il avait fait un rêve mais ne se souvenait que d'un visage de femme. Diaphane, sinon blafard. Celui de la seule femme avec laquelle il avait fait l'amour, Barbara, une chanteuse lyrique hollandaise aux cheveux roux. Le reste du rêve s'était dissipé, hormis une pièce tapissée de jaune et un geste qui se répétait, un signe de la main – la sienne ou celle de la femme ? – invitant l'autre à sortir.

Il n'avait pas allumé, de peur que la lumière ne réveillât Ciro. De loin, il le voyait dormir, couché sur le flanc. « Le sommeil, cette préfiguration de la mort, pensa-t-il. À Naples, on confond l'agonie et la mort, alors que ce sont deux choses très différentes. Les Siciliens et les Espagnols sont plus précis à ce sujet. » Il coupa une tranche de pain noir, laissa couler dessus le miel de fleurs d'oranger offert par un élève diplômé l'année précédente – un pianiste de talent, sicilien, avec lequel il avait échangé des œillades prometteuses mais sans lendemain.

Seule la méconnaissance de l'avenir rend le présent supportable. Où l'avait-il lu ? Il lui arrivait de plus en plus souvent d'oublier ses sources. Ça lui était égal : « À quoi ça sert, les sources, en ce moment ? » se répétait-il.

Il ouvrit la fenêtre de la cuisine et regarda dans la rue. Il n'y avait personne, à part de rares solitaires, un homme sur sa vespa et un vieillard en survêtement à bicyclette. Un chien et deux chats, l'un noir, l'autre marron, rien d'autre.

Éteignant sous la cafetière, il se versa une tasse de café et se mit à déambuler dans l'appartement. Pour la première fois depuis qu'il y habitait, il se sentit comme un invité.

Il s'arrêta pour observer les dessins de Ciro. Un train arrêté à un passage à niveau, une voiture en panne, un enfant qui tente de faire sortir un cochon d'un trou, une brebis menacée par un loup : de façon inattendue, elle avait un aspect élégant et digne, tandis que lui, tout pelé, semblait subjugué par elle. L'œil de Gabriele tomba sur la petite voiture achetée au supermarché, que Ciro avait vidée de ses friandises pour jouer avec. Il avisa aussi des chutes de papier destinées à la construction d'une petite maison. Des passe-temps normaux pour un enfant qui ne savait pas encore qu'il était devenu un meurtrier. « Je protège un meurtrier », pensa-t-il.

Peu après, il se retrouva sans le vouloir assis à son bureau, dont il ouvrit le tiroir. Il farfouilla dedans et en tira un volumineux paquet de lettres, qu'il se mit à feuilleter, se rendant compte qu'il n'avait jamais eu envie de les relire, sans savoir pourquoi. Dans l'une d'elles, sa mère affligée lui demandait pour quelle raison il avait cessé de donner des concerts. Il tenta de se rappeler s'il lui avait répondu et fut aussitôt convaincu que non.

– J'ai arrêté à cause de mon perfectionnisme névrotique, une maladie grave, murmura-t-il, comme si sa mère était là, à côté de lui.

D'autres lettres provenaient de Piero, son premier amour, le garçon qui lui avait fait découvrir les plaisirs du sexe et la fureur indécente de la jalousie.

D'autres encore avaient été écrites par Raffaele Vento, son professeur de piano. En les relisant, il fut étonné de la passion incandescente qui se devinait entre les lignes.

Il y en avait aussi une de son frère. Postée de Londres, à l'époque où Renato avait une vingtaine d'années et où leur relation était encore bonne. Il y déployait une longue farandole de concerts, de spectacles, de visites de musées et d'expositions – de simples prétextes pour alimenter son autosatisfaction.

Gabriele trouva dans une autre, de son père, une phrase qui l'enchanta : « Il n'est rien que l'on puisse enseigner, sinon ce que l'on est, et rien que l'on puisse apprendre, sinon que l'amour se présente sous une variété déconcertante de formes imprévues. »

Troublé, il rangea la liasse de lettres et referma le tiroir. Ce fut alors qu'il entendit une clé s'introduire dans la serrure de la porte d'entrée et y fourrager en vain pour tenter de l'ouvrir. Le maestro se leva sans bruit et alla couler un regard par l'œilleton : il eut à peine le temps de voir une ombre indistincte s'enfuir. Depuis qu'il hébergeait Ciro, il avait pris l'habitude de verrouiller sa porte le soir. Il courut chercher ses clés et sortit sur le palier.

Personne. Sans perdre son calme, il se pencha pour contrôler le comptoir du concierge. Personne non plus. Il referma sa porte et entreprit de descendre l'escalier avec précaution. Il n'avait pas peur, ce qui le surprit. Arrivé à la loge, il constata qu'elle était vide. Il poussa la porte cochère pour regarder dans la rue, qui était d'une tranquillité insolite. Un passant le dévisagea, étonné de voir cet homme en pyjama dehors, l'air hagard et les cheveux en bataille.

Gabriele se hâta de remonter chez lui. Ciro l'y attendait dans l'entrée.

– Il s'est passé quoi ? demanda-t-il.

– Quelqu'un a essayé d'entrer ici.

Bien que le maestro se fût imposé de répondre sur un ton neutre, Ciro eut l'air effrayé. Et de façon inattendue, il saisit la main de Gabriele pour l'embrasser.

– Hier, j't'ai balancé des trucs que j'voulais pas dire, chuchota-t-il.

Le maestro se sentit soulagé. Il se pencha vers lui et le serra dans ses bras.

– Ne t'inquiète pas, dit-il, c'est déjà oublié.

Le garçon le scruta d'un air sérieux et hocha la tête. Gabriele, pour dédramatiser la situation, imita la démarche de Totò et son geste du bras, ce grand classique. Ciro éclata de rire, un de ces rires contagieux qui paraissent inextinguibles.

Ils finirent par se séparer et vaquèrent à leurs occupations ; ou, pour le dire autrement, chacun d'eux se laissa aller à sa propre solitude. L'enfant, dans la cuisine, reprit la construction de sa maison en papier, qu'il avait laissée à moitié montée. Quant au maestro, pour tenter de renouer le fil interrompu de ses rituels, il s'assit sur son lit et entreprit de choisir le texte qui accompagnerait son rasage, indécis entre Montale, Saba et l'Eliot du *Mercredi des Cendres*. Puis une illumination le fit opter pour le poème *Little Gidding*.

Il s'enferma dans la salle de bains et enduisit posément son visage de mousse, en exagérant un peu, au point qu'il ne se reconnut pas dans la glace, où il vit un moine blanc, l'officiant d'une religion dont les préceptes et les buts lui étaient inconnus. Il ferma les yeux et se mit à réciter le poème, sans commencer par le début, psalmodiant ses vers telle une prière – une musique faite de souffles ou de bruissements.

Si vous veniez par là,
Prenant la route que sans doute vous prendriez
À partir de l'endroit dont sans doute vous viendriez,
Si vous veniez au temps du mai, vous trouveriez les haies
Blanches encore, en mai, de douceur voluptueuse.
Il en serait de même à la fin du parcours,
Si vous veniez de nuit ainsi qu'un roi défait,
Si vous veniez de jour et sans savoir pourquoi,
Il en serait de même quand vous quitteriez la route pierreuse
Pour contourner la porcherie en gagnant la terne façade
Et la pierre tombale. Et ce pour quoi
Vous aviez cru être venu est seulement
Une coquille, une écorce de sens
Dont le propos ne se dégage qu'une fois qu'il est accompli
Si toutefois il l'est. Ou vous n'aviez pas de propos
Ou le propos passe la fin que vous aviez imaginée
Et s'altère dans l'accomplissement.

Ce fut alors que deux larmes perlèrent à l'improviste dans ses yeux. Glissant lentement le long de ses joues, elles se perdirent dans la mousse. Gabriele se tut un moment, comme pour soupeser leur signification, puis se remit à déclamer :

Prenant n'importe quelle route, partant de n'importe où,
À n'importe quelle heure, n'importe quelle saison,
Il en serait toujours de même : car vous devriez dépouiller
Sens et notion. Vous n'êtes pas ici pour vérifier,
Vous instruire, satisfaire à la curiosité,
Faire un rapport. Mais bien pour vous agenouiller
Où la prière fut valide. Et la prière est, davantage
Qu'une suite de mots, l'occupation consciente
De l'intellect priant, ou le son de la voix priante.
Et ce pour quoi les morts n'avaient pas de mots quand ils vivaient

Ils peuvent vous le dire morts : la communication
Des morts est languée de feu par-delà l'idiome des vivants.

Il ouvrit les yeux et entreprit de se raser. Avec un soin extrême, comme si c'était la dernière fois. Ensuite, il se rinça le visage à l'eau chaude, le sécha et le tapota de ses mains humides d'après-rasage à la lavande, celui que Biagio lui avait rapporté de Londres. Il finit par enfiler un complet qu'il n'avait porté qu'une seule fois, pour les funérailles de sa mère. Couleur anthracite.

Émergeant de la solennité de cette cérémonie élaborée, le maestro chercha l'enfant et le trouva habillé, en train de l'attendre. Ils échangèrent un sourire, puis Gabriele lui demanda à quel jeu il voulait jouer. Surpris et excité, Ciro réfléchit un instant. C'était la première fois que son sévère gardien lui offrait une telle opportunité, il n'était pas question de la gâcher. Au bout d'un moment, le voyant en difficulté, le maestro lui fit une proposition :

– On n'a qu'à imiter des animaux.

Son passe-temps favori quand il était enfant. À l'époque où il le pratiquait avec son frère et son père, il était devenu imbattable. Ciro accepta volontiers mais tint à préciser qu'il ne l'avait jamais fait auparavant.

Ils s'assirent sur le tapis du salon et tirèrent les dés pour décider lequel commencerait. Gabriele l'emporta. Voyant avec quelle habileté son compagnon sut se transformer en tigre, le garçon applaudit, émerveillé d'avoir assisté à une métamorphose aussi excitante de l'humain à l'animal. Le maestro passa ensuite à l'aigle et au paresseux, animal dont Ciro n'avait jamais entendu parler. Pour finir, il incarna une gazelle.

Quand ce fut son tour, l'enfant choisit le chat et la tortue, puis le lion et le singe. Le maestro lui fit comprendre qu'il avait excellé dans toutes ses imitations, mais qu'il était plus doué pour les bêtes féroces.

Ils rirent beaucoup et, comme il se devait, jouèrent chacun leur rôle avec un sérieux solennel. Hormis une pause à l'heure du déjeuner, la journée entière s'inscrivit sous le signe du jeu. Le soir, pendant qu'ils dînaient, Gabriele perçut un changement dans le regard de Ciro et s'en félicita.

Le lendemain, le maestro ne sortit pas non plus. L'enfant et lui purent explorer d'autres jeux, surtout de cartes.

Le troisième jour s'écoula presque de même mais, à la fin de l'après-midi, Gabriele joua au piano son répertoire de chansons napolitaines. Comme il s'était mis à chanter un peu trop fort, le garçon lui fit remarquer que les voisins pouvaient l'entendre.

Le mardi, Ciro s'aperçut que quelque chose n'allait pas et demanda à Gabriele pourquoi il ne mettait toujours pas le nez dehors. Ce dernier répondit qu'il avait besoin de se reposer :

– À moins que ça t'embête de m'avoir dans les pattes, plaisanta-t-il.

Ciro haussa les épaules, comme si ça lui était égal, puis, sans crier gare, se jeta dans ses bras et le serra avec fougue.

Un après-midi, le maestro voulut exécuter les *Variations Diabelli* de Beethoven, son cheval de bataille de concertiste. À la fin, il fit la révérence sous les applaudissements de Ciro, exactement comme s'il s'était produit devant le public d'un grand auditorium.

Au cours de ces longues journées consacrées aux activités ludiques et musicales, la sonnerie du téléphone retentit parfois, mais Gabriele ne répondit jamais.

Un soir, cependant, quelqu'un sonna à sa porte et le maestro vit par l'œilleton l'un de ses collègues, le professeur de contrepoint. Il fit signe à l'enfant de ne pas bouger et laissa le visiteur insister. Au bout d'un moment, comme personne n'ouvrait, ce dernier glissa un billet sous la porte. Le maestro attendit son départ pour le prendre et le lire :

Cher Gabriele,

Le directeur et la secrétaire du conservatoire tentent de te joindre depuis plusieurs jours. Tu n'as jamais répondu, ni sur ton portable ni sur ton fixe. Nous sommes tous très inquiets. Quand tu auras lu ce billet, je te prie de m'appeler. Ma visite répond à une initiative personnelle. Quelle que soit la raison de ton comportement, je t'assure que je respecterai ton secret si tu décides de te confier à moi.

À bientôt,

ton Alfredo

La calligraphie du professeur abondait en fioritures. L'enfant se demandait ce qui était écrit, mais le maestro plia le billet en deux et le mit dans sa poche sans piper mot.

Ciro, rattrapé par la tristesse des premiers jours, s'endormit tôt ce soir-là. Quant au maître de maison, comme toujours, il resta éveillé tard. Lorsqu'il finit par se coucher, il relut une de ses nouvelles préférées d'Ernest Hemingway, *Un endroit propre et bien éclairé*, puis il éteignit la lumière.

Mais il continua de penser, en proie à l'agitation.

Ne te hâte surtout pas dans ton voyage.

Constantin Cavafis

11

À l'aube, encore hanté par les fantômes de sa nuit blanche, Gabriele Santoro sortit se promener.

Ses pas le menèrent comme souvent jusqu'à une esplanade en terre battue, qu'il trouva noire de monde, avec deux voitures de police au centre de la foule. Intrigué, il s'arrêta pour observer les gens qui l'entouraient, dont il remarqua la mine hébétée ou abasourdie.

Au bout d'un moment, il vit sortir d'une porte cochère Mezzera flanqué de deux collègues plus jeunes. Le policier à tête de bulldog échangea quelques phrases avec un homme en larmes puis monta dans un des véhicules, qui fit aussitôt marche arrière. Ce fut alors que Mezzera repéra le maestro et le salua d'un signe hâtif, avant de s'éloigner sur les chapeaux de roue.

Gabriele s'approcha discrètement d'un jeune homme avec une tache de naissance sur la joue pour lui demander ce qui s'était passé. Ce dernier lui lança un regard soupçonneux avant de répondre en chuchotant :

– On l'a retrouvé mort.

Il s'éloigna sans préciser à qui il faisait allusion, mais Gabriele lui emboîta le pas pour obtenir des éclaircissements.

– Quoi, vous ne savez pas? Rosario, le gamin qui avait disparu, on l'a repêché au fond de ce puits, là. Il a dû tomber dedans en jouant.

Le maestro chancela, mais le jeune homme n'eut pas le temps de s'en apercevoir, car il s'était déjà éclipsé.

D'instinct, Gabriele s'approcha de la porte cochère par laquelle Mezzera était sorti et jeta un coup d'œil dans la cour. Deux policiers encadraient un petit lit où reposait le corps de l'enfant, que veillait une femme de dos, la tête penchée. Autour de lui, les membres de sa famille, tous muets. Dans un coin, une fillette un peu plus âgée que lui, peut-être sa sœur.

Le maestro ferma les yeux et pensa à l'obstination requise pour esquiver sa propre clairvoyance, cet art – que tout le monde possédait sans l'admettre – de sonder son for intérieur et d'y lire l'avenir. Que le crime était sournois, quand il prenait un visage inoffensif, quand le mal, ayant exercé son pouvoir, faisait en sorte que le monde l'accueillît avec résignation, comme l'une des trames, aussi légitimes que variées, de la réalité. Et qu'il était scandaleux, le silence de ceux qui considéraient le crime comme la conséquence inévitable du tempérament corrompu de l'homme, une pure déformation de sa nature.

Un garçonnet s'approcha de Gabriele. Son regard rivé sur lui semblait chargé d'un chagrin indicible. En silence, il pointa du doigt la margelle du puits où Rosario avait été retrouvé. De temps en temps, il se bouchait le nez, comme pour se protéger de la puanteur de mort qui s'en échappait, bien qu'elle ne fût pas perceptible – du moins, pas objectivement. Gabriele lui caressa la tête, mais le petit se déroba, effrayé. Le maestro remarqua qu'un rictus incertain déformait ses traits enfantins et comprit qu'il était attardé. Quelques secondes plus tard, la fillette qu'il avait identifiée comme la sœur de Rosario s'approcha elle aussi. Elle prit brusquement le garçon par la main et tenta de l'entraîner. Son frère – sans doute – résista en s'arc-boutant puis la repoussa, tout en continuant à dévisager le maestro. Dans une tentative pour donner un nom à ce qui était en train de se produire, celui-ci déchiffra dans ses yeux, non sans trouble, une supplique qui n'était adressée qu'à lui : ils lui demandaient un tour de magie en mesure de ramener Rosario Amitrano à la vie.

– C'est lui, Mimmo, qui a trouvé le corps.

Cette phrase chuchotée par la sœur prit Gabriele de court. Il eut l'impression que la voix grave et adulte de la fillette ne lui appartenait pas, comme si son corps abritait l'esprit d'une femme bien plus âgée.

Il lui sourit, et les deux enfants, après une étrange courbette, s'éloignèrent pour rentrer chez eux.

Ployant sous le fardeau d'un épuisement dont il ignorait la cause, Gabriele se dirigea vers la basilique de Santa Lucia a Mare, où se dérouleraient les funérailles de Marianna De Vivo. Le maestro s'arrêta à une certaine distance du parvis et attendit l'heure de la cérémonie, les yeux clos, absorbé par ses pensées. C'est dans cet état que la voix de Diego le surprit soudain :

– Qu'est-ce que vous faites là, à l'arrêt ?

Son ancien élève lui mit la main sur l'épaule :

– Allez, dit-il, on ne trouvera plus de place si on ne se dépêche pas.

Il semblait persuadé que le maestro le suivrait dans l'église.

– Je ne sais pas si ma présence est appropriée, murmura ce dernier, je suis là par simple curiosité.

– Mais qu'est-ce que vous avez ? Vous êtes en nage et tout pâle. Vous êtes sûr que vous allez bien ? demanda Diego en s'approchant.

Le professeur se toucha le front et constata qu'il était moite.

– Je n'ai pas été très bien ces jours-ci, mais ce n'est rien, juste un peu de fatigue.

– Il faut prendre soin de vous, maestro. Mais, vu que vous êtes là, accompagnez-moi à la cérémonie. Pourquoi tous ces scrupules ?

Ils traversèrent la rue. Gabriele tint bon, bien qu'il se sentît les jambes de plus en plus lourdes.

Il voulait voir le visage du caïd et de la mère de Ciro. Il ne l'avait pas croisée depuis le jour où il avait frappé à sa porte. Pendant un instant, tandis qu'il se tenait devant elle sur le palier, il avait failli lui révéler où se trouvait son fils, mais son regard froid et absent lui avait suggéré de ne pas parier sur une hypothétique complicité entre eux.

Ils se mêlèrent à la foule dès l'entrée de l'église, et le maestro ne tarda pas à perdre son élève de vue. Toute cette frange de la ville qui s'obstinait à servir le crime – ou à en être la victime – semblait réunie dans la nef. Face aux visages hébétés et absents de cette multitude, le maestro crut sentir le souffle pestilentiel du ventre corrompu de Naples. L'énergie sordide du larcin et de la rancœur circulait parmi ces larves. Il examina en particulier les femmes : certaines étaient belles et d'autres laides, mais il reconnut, dans les yeux de toutes, la servitude de l'accoutumance et de la fatigue. Pas une seule ne tentait de se soustraire à cette charge, pas une seule, mue par l'espoir, ne prêtait l'oreille à l'âme noble de la femme ou de la mère.

Le maestro joua des coudes pour atteindre un emplacement libre. Il se pencha pour scruter les premiers rangs de l'assemblée et chercha en vain Alfonso De Vivo. Quant à Carmine Acerno, il le trouva un peu en retrait, au quatrième rang, avec le regard éteint de ceux qui ressassent leur faute et savent qu'il n'y a plus d'issue pour eux. À côté de lui, sa femme Angela semblait au bord des larmes mais, en véritable virtuose, se maintenait en équilibre entre effondrement et fermeté, dissimulation et confession.

Au bout d'un moment, deux gros enfants de chœur apparurent près de l'autel, puis un jeune sacristain au regard vicieux. Et pour finir, le prêtre, un homme âgé qui se plaça face à la foule mais s'abstint de parler dans un premier temps, comme pour sonder l'affliction de la congrégation – ou sa part de responsabilité.

Tandis qu'il commençait à célébrer la messe, un chant s'éleva soudain des derniers bancs. Gabriele se retourna pour identifier le visage de la vieille femme qui entonnait cette sorte de berceuse triste et même poignante. Ce fut alors qu'il sentit ses forces l'abandonner et qu'il s'évanouit.

À son réveil, sa première vision fut la bouche de Diego qui semblait lui murmurer quelque chose. Il pensa d'abord qu'il s'agissait d'une plaisanterie ou l'un de ces jeux où l'autre, tout en feignant de parler, n'émet aucun son. Puis il recouvra peu à peu le sens de l'ouïe :

– Maestro, comment ça va ? demandait son ancien étudiant. Vous vous sentez mieux ? Je vous l'avais dit, qu'il fallait vous reposer. Et maintenant, rentrez chez vous, mettez-vous au lit, et on verra demain.

Gabriele se rendit compte qu'il était assis à une table de bar. Tandis que Diego appliquait une compresse humide sur son front, la caissière sortit un flacon et versa quelques gouttes de sédatif dans un verre avec un fond d'eau. Après l'avoir fait boire, ils le remirent sur pieds et l'accompagnèrent jusqu'à l'arrêt de bus.

Une fois seul, le maestro estima qu'il ne pouvait pas s'arrêter, malgré sa fatigue insensée.

Il prit le bus pour Pouzzoles. Pendant le trajet, la ville qui défilait derrière la vitre lui fit penser à ce livre d'Anna Maria Ortese qu'il avait tant aimé, *La mer ne baigne pas Naples,* en particulier aux pages où la grande écrivaine, l'observant depuis le tramway, la décrivait comme un lieu dont les habitants ignorent qu'ils sont morts.

« Comme toutes les monstruosités, Naples n'a aucun effet sur les personnes peu humaines, et ses enchantements démesurés ne sauraient laisser de trace sur un cœur froid. »

Gabriele avait réussi à en mémoriser des phrases entières qui, de temps en temps, sans raison, refaisaient surface dans son esprit. « Une ville, c'est aussi ça : les phrases des romans qui l'ont décrite », pensa-t-il.

Une violente averse se mit à tomber, et le maestro observa fasciné les mille irisations que la trame changeante de la pluie peignait sur la vitre. Puis, hypnotisé par ces formes aléatoires, il s'assoupit et rêva qu'il chutait dans un précipice.

Un passager coiffé d'un béret, auquel il avait demandé de lui signaler l'arrêt du parc archéologique, le réveilla en lui tapotant l'épaule et en chuchotant :

– Ça y est, vous êtes arrivé…

Gabriele, qui reprit conscience au moment où les portes s'ouvraient, eut à peine le temps de bondir hors du bus.

Il fit quelques pas pour se réveiller et s'arrêta dans un bar où il commanda un café au comptoir. Son portable se mit à sonner au moment où la serveuse africaine lui tendait sa tasse. Posément, il le tira de sa poche et regarda l'écran : Biagio. Il ne répondit pas, convaincu que son ami se lasserait tôt ou tard. De fait, la sonnerie finit par cesser, il paya son café et sortit.

L'Antre de la Sibylle était une imposante galerie creusée sous la terrasse surplombant l'ancienne anse du port de Cumes. Il se rappelait l'avoir visité enfant en compagnie de sa mère Amalia, qui enseignait le grec. Il avait agrippé sa main pour parcourir le tunnel dont l'ombre était trouée de balafres de lumière, jusqu'à une sorte de pièce avec un banc en pierre où elle l'avait fait asseoir. Elle avait posé ses mains sur les yeux de Gabriele et murmuré à son oreille :

– Dis-moi la prédiction de la Sibylle.

Et il s'était exécuté.

Oui, il fut un temps où il aimait à improviser des prophéties. Il n'en serait plus capable, désormais.

Il effectua le même trajet jusqu'à la petite pièce. Le banc était occupé par un couple de Japonais et leur petit garçon. Ils restèrent longtemps allongés en hurlant à tour de rôle des mots incompréhensibles. Gabriele s'attarda un moment pour les écouter puis reprit sa marche et s'enfonça lentement dans les profondeurs mystérieuses de l'hypogée.

Au fur et à mesure qu'il progressait, il lui apparaissait avec clarté que, même si sa mission avait peu de chances de réussir, c'était la seule voie qui s'ouvrait à lui.

« L'homme est un animal inabouti, se répétait-il, condamné aux défis impossibles, aux questions qu'il ne devrait jamais se poser. » En progressant entre les deux parois de tuf, il perçut l'absurdité de la croyance actuelle selon laquelle la vie et la mort sont deux phases distinctes.

Pour les hommes qui avaient creusé ce tunnel, un immense no man's land séparait l'une de l'autre, où ils pouvaient faire halte sans se soucier de la durée de leur séjour. L'erreur fatale, le péché de ceux qui leur avaient succédé, tenaient à la volonté arrogante de distinguer nettement un avant d'un après. Telle était la source de tous leurs maux. Sans doute se trouvait-il lui-même dans ce no man's land depuis longtemps, à son insu. Seuls les morts détenaient la vérité : il ne parvenait pas à se rappeler l'auteur de cette phrase, mais c'était une hypothèse qui lui paraissait de plus en plus vraisemblable.

Au bout de la galerie, Gabriele se retrouva dans la salle des prophéties – une appellation à l'usage des touristes. Il s'assit sur une pierre plate pour attendre sept heures, comme l'avait suggéré Ciro. Il finit par entendre le gardien crier :

– On ferme, les visiteurs sont priés de quitter les lieux !

Il se cacha derrière un mur et resta immobile pendant un long moment. En fait, il perdit conscience du temps, si bien qu'il faisait certainement nuit noire lorsqu'il émergea de cette étrange torpeur et revint sur ses pas.

Braquant la torche de son portable sur le mur, il avança pas à pas jusqu'à ce qu'il repérât la lettre C tracée au charbon. Il éteignit sa lampe, appréciant le silence surhumain du site. Dans la prolongation irréelle de cette fraction de temps, il crut entendre, claire et nette, la voix de la Sibylle se prononçant sur les dangers auxquels il serait confronté et prédisant que l'enfant serait sauvé en échange d'un gage dont elle ne pouvait encore rien dire. Ce ne fut qu'un moment d'intensité hallucinée, puis la respiration haletante de Gabriele resta seule à résonner dans l'antre.

Se ressaisissant, il ralluma sa torche et s'accroupit pour chercher du bout des doigts la fine ligne délimitant la dalle de pierre. Il souleva celle-ci et éclaira la cavité où Acerno dissimulait ses armes.

Avant de les toucher, il se demanda au nom de quelle perversion, de quel obscur plaisir, le criminel avait choisi ce souterrain. Peut-être était-ce pour renouer le lien antique entre crime et sacré. Ou par simple goût de l'outrage. Il se souvenait d'avoir entendu dire que la Camorra, par le passé, avait utilisé les salles du palais royal de Caserte pour y cacher des fugitifs. Comme si le viol des grands monuments du passé excitait l'esprit de ses chefs, leur donnait l'illusion que le défi lancé à l'œuvre du temps augmenterait leur prestige.

Un véritable arsenal occupait la cavité : des mitrailleuses, des kalachnikovs, des pistolets, et même le colt argenté signalé par Ciro. Il le prit et chercha les balles. Une fois qu'il les eut trouvées, il referma la dalle et se dirigea vers la sortie.

Il était huit heures, et seul un quartier de lune éclairait le parc. Gabriele suivit l'allée pendant quelques minutes jusqu'au portail – fermé par un cadenas, bien entendu.

Il longea la clôture grillagée jusqu'à un muret, qu'il escalada non sans mal avant de sauter dans la rue.

À quelques-uns arrive un jour
d'avoir à choisir entre le grand Oui
et le grand Non.

Constantin Cavafis

12

De Vivo avait-il décidé d'adresser un message fallacieux à la communauté en lui faisant croire qu'il avait renoncé à chercher Ciro ? En effet, Gabriele Santoro trouva de nouveau les postes de garde vacants, tant le comptoir du concierge que le palier du deuxième étage. Il s'interrogea sur la stratégie du caïd et en conclut qu'il devait simplement s'agir d'un gage de confiance envers Carmine.

En proie à l'excitation, il ouvrit sa porte et brandit son pistolet comme il l'avait vu faire dans les films. Il avançait dans le vestibule tel l'inspecteur Callahan lorsque Ciro, le prenant au dépourvu, s'approcha par-derrière et le désarma.

Heureux d'avoir enfin retrouvé son jouet favori, le garçon s'employa à dispenser à son protecteur un cours approfondi sur son emploi.

Il répéta les mots et les gestes au moyen desquels ses frères lui avaient transmis les rudiments essentiels de l'art de tuer et revint plusieurs fois sur les étapes marquantes du fonctionnement de l'arme – hormis le tir, qu'ils ne pouvaient mettre en pratique. Il expliqua comment la charger, viser, appuyer sur la gâchette.

Le cours se déroula dans une atmosphère de grande concentration, comme s'il tenait à faire comprendre au maestro qu'il était indispensable de savoir tirer pour survivre.

– Moi, j't'ai appris à tirer et toi, tu m'apprends quoi? demanda-t-il pour finir.

Sur une impulsion, le maestro l'entraîna vers le piano et le fit asseoir à côté de lui. Il entreprit de lui donner sa leçon d'initiation traditionnelle, celle sur l'attaque des notes. Il lui montra comment laisser tomber sa main de manière décontractée sur les touches blanches pour produire un cluster. Il lui fit répéter cet exercice plusieurs fois, jusqu'à ce que l'enfant eût adopté la posture adéquate. Ciro lui demanda à quoi ça servait, et Gabriele répondit que l'instrumentiste, de même que le tireur devait contrôler sa respiration, avait lui aussi besoin d'accorder le geste de son bras avec son souffle. La leçon dura plus d'une heure, durant laquelle le garçon suivit les préceptes du maestro avec diligence.

Lorsqu'ils cessèrent, à dix heures, Ciro demanda à regarder la télévision. Gabriele alluma celle-ci et alla préparer le dîner. De retour de la cuisine, un plateau entre les mains, il trouva l'enfant endormi. Il le prit dans ses bras et le porta jusqu'à son lit. Il passa un moment à le regarder en pensant à Rosario. Après mûre réflexion, il décida qu'il valait mieux cacher sa mort à Ciro.

Le visage du petit avait tant changé depuis les premiers jours: ses traits étaient désormais tranquilles et détendus, comme s'il avait fini par comprendre qu'il pouvait se fier à son hôte.

Ainsi qu'il en avait pris l'habitude, Gabriele s'assit sur une chaise pour l'observer et perdit toute notion du temps jusqu'à quatre heures. Il éteignit alors la lumière et alla se coucher. Dans la matinée, il était censé participer à l'inauguration de la nouvelle année académique au conservatoire. Mais auparavant, il voulait assister aux funérailles de Rosario dans l'église Santa Maria Egiziaca.

Submergé par ses pensées, il ne parvint pas à trouver le sommeil. Il se mit à murmurer dans le noir les vers d'un poème d'une auteure dont il se rappelait le prénom lumineux : Alba.

Et justement nous, qui devions nous occuper d'eux,
Nous les avons perdus.

Il les répéta plusieurs fois, puis, cédant à l'impatience, décida de se lever. Il se doucha, se rasa et sortit sans attendre le réveil de Ciro. Il erra dans le quartier désert puis, aux premières lueurs de l'aube, se dirigea vers l'église, persuadé d'arriver en avance. Or la place grouillait déjà de monde.

Il étrennait une paire de lunettes noires trouvée dans le coffret à bijoux de sa mère. À la disparition de celle-ci, Gabriele avait rapporté chez lui – son frère n'étant pas intéressé – deux bagues, un collier de perles et cette paire de lunettes, signée Yves Saint Laurent. C'était un modèle féminin, mais il conférait à son visage une touche élégante et démodée.

Le corbillard était déjà là, à côté de l'église, son hayon ouvert déjà prêt à accueillir le cercueil. Une voiture de police stationnait à côté, un agent au volant.

Gabriele se fraya un chemin parmi la foule qui se pressait sur le parvis. À l'intérieur, il se dirigea vers la partie droite de la nef, croisant des personnes à l'aspect modeste, aux yeux bouffis de sommeil, dont les regards ne semblaient aucunement en paix avec cette mort prématurée, avec cette loi tacite qui tentait de la faire passer pour un accident dû aux hasards de la vie ou aux innocentes distractions de l'enfance.

Il jeta un regard circulaire et identifia à ses épaules affaissées la mère de Rosario, une femme sans âge déchirée par le chagrin. Quant au père, il avait le regard d'un perdant. Peut-être avait-il été le seul à deviner d'emblée l'issue fatale de cette histoire – aussi sûrement que si les bourreaux l'avaient prévenu à l'avance du sort qui attendait son fils. Muré dans son silence, le couple était entouré de l'affliction attendue des parents, des amis, des curieux.

Gabriele ne vit aucun des sbires de De Vivo, pas plus que Carmine et sa femme, mais il finit par repérer Diego de l'autre côté de la nef, en compagnie du type qu'il avait aperçu par le judas, devant sa porte, le soir de la réapparition de son ancien élève. Tous deux semblaient tirer plaisir de ce spectacle d'affliction.

Peu après, le prêtre, un homme de très grande taille, entra en scène et se lança d'une voix plaintive dans son oraison, évoquant pour commencer les enfants livrés à eux-mêmes. Afin de ne pas culpabiliser la communauté, il s'empressa d'absoudre ceux qui, à l'heure fatidique où Rosario avait rencontré la mort, n'avaient pas su, ou pu, lui tendre la main du salut et de l'amour – des hommes et des femmes qu'il qualifia d'innocents et d'inconscients.

Il fallait aussi absoudre les plus proches parents, surtout le père et la mère, absents non coupables, également victimes de ce drame, ou des voies impénétrables du Seigneur. Lequel pouvait même comprendre leur colère, poursuivit le prêtre. Cependant, il ne la justifierait jamais, car si Rosario avait été choisi, si un enfant, pour des raisons échappant à l'entendement des hommes, avait été appelé pour jouer le rôle d'agneau sacrificiel, cela ne laissait aucune place aux réserves, encore moins aux élucubrations. Les parents ne pouvaient qu'accueillir le dessein divin et, en dépit de leur douleur, continuer à prier Dieu en lui rendant grâce pour sa miséricorde.

Dégoûté, Gabriele se dirigeait lentement vers la sortie lorsqu'il sentit une main se poser sur son épaule. Il se retourna et se trouva face à Diego, qui lui souriait avec ce dévouement feint désormais familier au maestro, bien que son regard, à ce moment-là, n'eût rien d'affable. Il était même dur, inquisiteur, méchant.

– Je ne pensais pas vous voir ici. Vous connaissiez Rosario, vous aussi ? demanda-t-il à brûle-pourpoint.

Le professeur avait la tête ailleurs. Quelque part dans un recoin de son esprit, la voix dolente du prêtre continuait à proposer sa légitimation raffinée du crime.

– Non, je ne le connaissais pas, répondit-il d'un ton sec.

Diego accueillit sa réponse d'un air circonspect, en silence, comme si un soupçon venait enfin de s'immiscer en lui. Telle fut la pensée qui traversa l'esprit du maestro quand, après s'être éloigné, il se retourna et constata que les yeux de son étudiant étaient toujours rivés sur lui. « Mais non, il ne peut rien soupçonner, il est juste curieux », conclut-il en hâtant le pas.

Une fois au conservatoire, il se dirigea d'abord vers la bibliothèque pour rendre la biographie de Ravel.

La grande salle de lecture était vide mais il aperçut dans un coin, à moitié caché par l'abat-jour, son ami le grand musicologue anglais John Lane. Gabriele savait que cet éminent spécialiste de Gesualdo da Venosa devait venir à Naples mais n'imaginait pas le trouver déjà là. Il s'approcha et les deux hommes se donnèrent l'accolade avec affection.

– On m'a demandé de tenir un séminaire sur la métrique des modulations, dit John. Je vais passer une vingtaine de jours ici, j'en profiterai pour parachever mes recherches. J'ai promis à mon éditeur de lui remettre le manuscrit en mars. On pourrait peut-être organiser un de nos petits dîners un de ces quatre ?

Le maestro esquissa un sourire puis, après une courbette particulièrement cérémonieuse, laissa son ami à ses livres.

Dans le hall, il tomba sur Ernesto Ramondino, le titulaire de la chaire de direction d'orchestre. Celui-ci, qui avait pris un coup de vieux, le serra dans ses bras et lui chuchota qu'il était obligé de quitter son poste plus tôt que prévu.

– Une longue histoire, je te raconterai. Tu viendras à la commémoration de Vincenzo Vitale ?

Il tourna les talons avant que Gabriele n'eût le temps de répondre.

Ce dernier entra dans la salle de classe. Comme d'habitude, il se présenta en quelques mots à la nouvelle promotion d'étudiants puis les invita à se lever et à dire leur nom ainsi que la raison de leur présence dans ce cours.

Il les laissa parler sans interrompre le flux à la fois émotif et imprécis de leur présentation. Il leur raconta ensuite une anecdote sur Nadia Boulanger, pianiste hors pair et enseignante de plusieurs grands compositeurs : un jour, un ami lui avait demandé de lui recommander un professeur de piano pour son plus jeune fils, mais elle, Nadia, avait voulu connaître l'âge de l'enfant avant de donner sa réponse. « Sept ans », avait répondu l'ami, et elle avait riposté du tac au tac : « Je suis désolée, mais c'est trop tard. »

– Cela peut sembler paradoxal, poursuivit le maestro, mais elle avait raison. Les pianistes devraient commencer aussi jeunes que les acrobates. Ainsi, a fortiori, vous êtes en retard par rapport à tous ceux qui ont fait la grandeur de l'art pianistique, et je crains que vos ambitions ne se heurtent tôt ou tard à la brutalité de ce constat. Le conservatoire n'est pas une école qui crée le talent, elle ne peut que le cultiver – même si tout ce qui est enseigné ici n'est pas de l'or en barre. Par exemple, on vous dira de jouer les morceaux dans le respect du tempo indiqué par le compositeur sur sa partition, mais cette orthodoxie, qui est parfois une prison, voire une mystification, cache très souvent un malentendu. Le hasard a voulu que j'eusse un professeur qui me laissa libre de jouer les partitas de Bach et les sonates de Beethoven au tempo qui me correspondait le plus.

C'est la même liberté qu'ont eue – ou qu'ont prise – Richter, Rubinstein, Bauer, Brendel, Gould, et que je vous accorderai aussi. Toutefois, je ne pourrai pas inventer votre talent si vous n'en êtes déjà doués.

Un long silence s'ensuivit, d'embarras ou de réflexion, difficile à dire. Puis un jeune homme au physique démesuré leva le doigt, et le maestro lui donna la parole. Il se leva et, après un étrange sourire, posa une question où certains décelèrent un peu de malice :

– Vous avez une réputation d'excellent professeur, mais vous n'avez jamais enregistré de disque, et cela fait des années que vous ne vous produisez plus en public. Comment faire pour apprécier votre méthode pédagogique, s'il n'y a pas moyen d'écouter votre art ?

Le jeune homme, dont le visage oblong avait la fixité du marbre, le scrutait de son regard inexpressif. Le maestro se leva, marcha jusqu'à la fenêtre et regarda dehors, en apparence du moins, car son esprit, à l'insu des élèves, avait remonté le cours du temps jusqu'à ses vingt ans.

Ainsi se revit-il trente-cinq ans plus tôt, assis sur un banc (qui avait disparu depuis longtemps) dans le couloir du conservatoire. La porte s'ouvrit sur un homme très grand et corpulent (dont plus personne ne se souvenait désormais).

– Viens, Santoro, lui dit ce dernier d'une voix fluette et anxieuse.

Et lui, docile, il entra dans le bureau du directeur, s'assit et écouta ces mots prononcés avec l'agitation typique des êtres émotionnellement fragiles :

– Un de tes collègues, Ajello, est venu me voir tout à l'heure, et il t'a accusé de le harceler. Il prétend que tu as essayé de l'embrasser. Est-ce vrai ?

Gabriele se barricada dans la forteresse imprenable de son silence et continua à le braver du regard. Oui, c'est vrai, ils s'étaient embrassés, avec Ajello. Leurs lèvres s'étaient unies puis leurs langues, entraînées par l'ardeur imprévisible de l'excitation, s'étaient mêlées. Ça n'avait rien à voir avec du harcèlement, mais avec le désir. Même si Ajello, un jeune homme voué à se fuir lui-même, ne l'admettrait jamais.

Revenant à la réalité, le maestro s'éclaircit la voix et se tourna vers la classe.

– Monsieur, connaissez-vous Walter Gieseking ? Je suppose que oui.

L'élève, surpris, rétorqua :

– Comment peut-on ne pas connaître Gieseking quand on veut devenir pianiste ?

Sa façon de prononcer les mots en les détachant l'un de l'autre avait quelque chose de factice.

– Vous savez donc que la grande passion d'enfance du pianiste était l'entomologie, la chasse aux papillons ? reprit Gabriele.

– Oui, j'ai lu quelque chose à ce sujet, répliqua l'élève, dont le ton pédant et désuet se confirmait.

– Alors vous saurez aussi que Gieseking, malgré son authentique génie musical, n'eut pas de véritable professeur durant son enfance et son adolescence. Son seul enseignant fut son père, avec lequel il passait des nuits entières à chasser les phalènes. Mais lorsqu'il s'inscrivit au conservatoire de Hanovre quelques années plus tard, Walter rencontra un pianiste inconnu qui, en travaillant avec lui, se révéla en peu de temps un grand professeur. J'ai nommé Karl Leimer. Le connaissez-vous ?

– Non, dut admettre l'étudiant.

– C'est bien ce que je pensais. L'histoire de la musique, voyez-vous, regorge de professeurs dont les noms ne nous sont pas parvenus. Sans un bon élève, un bon professeur ne peut voir le jour, et vice-versa. La présence du premier est tout aussi nécessaire que celle du second pour que l'un se révèle à l'autre. Le cas de Karl Leimer est fort intéressant : il s'agit d'un pianiste méconnu qui, grâce à sa méthode et au manuel rédigé à l'aide de son élève favori, Walter Gieseking, a influencé des générations de pianistes. C'est pourquoi nous nous souvenons de son histoire.

Un silence de plomb tomba sur la classe. Le maestro s'éloigna lentement de la fenêtre et s'approcha de l'élève :

– Pourriez-vous me répéter votre nom, s'il vous plaît ?

– Andrea Pasi, murmura le jeune homme d'un air incertain.

– Bien, Pasi. Dorénavant, tâchez de ne pas sous-estimer l'obscur labeur des enseignants. Nous œuvrons dans l'ombre, mais c'est nous qui prenons soin de la chrysalide dont sortira un jour le papillon.

Sur ce, il se dirigea vers le tableau pour y écrire le nom de Karl Leimer en majuscules.

Et maintenant ?
Maintenant, c'est le désarroi, la détresse.

Constantin Cavafis

13

Quand le maestro sortait, Ciro passait des heures à observer les gens qui traversaient la cour. Il avait pris goût à épier ce que faisait sa famille en son absence. Surtout son père, qui stationnait justement là pendant une bonne partie de la journée.

Un soir, Ciro le vit apparaître avec *'o chiatto.* Tous deux discutaient avec animation quand Carmine, d'un bond bestial, plaqua soudain l'homme de main contre le mur et se mit à le rouer de coups de poings. Ne parvenant pas à supporter ce spectacle, l'enfant ferma les yeux. Quand il les rouvrit, son père avait disparu, et *'o chiatto* était allongé sur le sol, en sang. Au bout d'un moment, Diego et un autre membre du gang arrivèrent pour l'emmener.

Une autre fois, le garçon avait vu Carmine s'en prendre à son fils aîné, Nicola, le frère que Ciro avait toujours considéré comme le favori, en raison de ses dispositions évidentes pour le crime.

Il arrivait aussi à son père de rester assis pendant des heures sur le muret, à l'ombre. Chaque fois, Ciro se demandait à quoi il pensait, si par hasard il ne priait pas Dieu pour que son fils ne revînt jamais.

Dix jours déjà s'étaient écoulés depuis sa disparition, un laps de temps qui avait inspiré à la plupart des habitants du quartier l'idée qu'ils ne le reverraient jamais. Carmine et Angela, sa femme, avaient eux-mêmes commencé à le penser. Mais pas De Vivo. Sa conception de l'existence l'en empêchait, sa conviction simple et brutale que tout ce qui défiait ou entravait son pouvoir devait rencontrer la mort. Son *hybris* criminelle n'admettait pas que sa vengeance pût rester inassouvie. Encore moins maintenant que le bruit courait à Naples qu'il avait lui-même mis en scène ce vol à la tire pour supplanter sa mère.

Un jour, alors qu'il rentrait chez lui, le maestro croisa six hommes du caïd au deuxième étage de son immeuble. Ils descendaient avec indolence de chez Acerno en bavardant. L'un d'eux, un type maigre et dégingandé qu'il n'avait jamais vu, le toisa d'un air goguenard. Gabriele, qui n'avait aucunement l'intention de relever la provocation, poursuivit son chemin sans broncher. Mais une fois au troisième étage, mû par la curiosité, il jeta un coup d'œil dans la cage d'escalier.

Les malfrats s'étaient arrêtés au rez-de-chaussée pour écouter l'échalas leur raconter une histoire drôle qui déclencha l'hilarité générale. Le maestro supposa qu'il s'agissait d'une plaisanterie obscène à ses dépens, une de celles que les hommes traditionnels aimaient à échanger pour exorciser la peur d'être pédés. Mot fatidique, que l'homme répéta parmi les ricanements complaisants des autres. C'était la première fois que Gabriele l'entendait en lien avec sa personne ; ses manières n'avaient d'ailleurs rien d'efféminé.

Tandis qu'il regardait la petite clique se diriger vers la porte cochère, il se prit à murmurer un poème de Cavafis qu'il connaissait par cœur :

Tandis que je descendais l'escalier mal famé,
tu franchissais le seuil, et un bref instant

j'ai aperçu ton visage inconnu et toi, tu m'as vu.
Puis je me suis caché pour échapper à ton regard, et toi,
tu es passé rapidement en dissimulant ton visage,
pour t'engouffrer à l'intérieur de la maison mal famée
où, pas plus que moi, tu ne trouverais le plaisir.
Pourtant l'amour que tu voulais, j'aurais pu te l'offrir ;
l'amour que je voulais – ton regard las et tourmenté
me le disait assez – tu aurais pu me le donner.
Nos corps le savaient et se cherchaient ;
notre sang, notre peau se sont compris.
Mais nous nous sommes cachés, malgré notre trouble commun.

Il trouva Ciro endormi sur le dos dans son lit, les pupilles apparentes, comme en transe. Ces derniers jours, l'enfant s'était familiarisé avec sa chambre, où il passait des heures. Quant à Gabriele, il n'avait plus la sensation d'être violé dans son intimité, au contraire, il se réjouissait de cette présence.

Il alla prendre le pistolet dans le tiroir de son secrétaire et inséra posément les balles dans le barillet.

Il était presque trois heures. Plus tard dans l'après-midi, il se rendrait à l'hôtel où De Vivo avait rendez-vous avec une femme. Il y réserva une chambre au nom bien-aimé de sa mère, Jodice, dans l'espoir qu'il lui porterait chance.

Puis il s'assit pour attendre le réveil de Ciro.

Il avait suffi d'accorder un répit à l'araignée qui logeait dans sa tête, et elle en avait aussitôt profité pour recommencer à tisser sa toile. Gabriele se revoyait de nouveau devant le directeur du conservatoire, agacé par ses menaces : « Si un autre épisode de ce type devait se reproduire, tu serais expulsé et ton camarade porterait plainte. » Une fois de plus, il avait gardé le silence.

Un moment dangereusement long s'écoula, pendant lequel son esprit s'égara dans des élucubrations absconses et inutiles, jusqu'à ce que la voix aiguë de Ciro le rappelât soudain à la réalité :

– Qu'est-ce tu fais ?

– Rien, répondit le maestro.

Son ton pouvait donner l'illusion du calme absolu. Il se retourna pour regarder le petit, qui lui sourit. « Tout ce que je peux faire avant de sortir, pensa-t-il, c'est lui donner sa deuxième leçon de piano. »

Celle-ci fut consacrée à la lecture des notes et des intervalles. Au bout d'une heure, son nouvel élève, ce fils de camorriste élevé dans un milieu dépourvu du moindre scrupule, confirmait qu'il avait une prédisposition insoupçonnable pour la musique. À la fin du cours, le maestro se demanda même s'il n'avait pas l'oreille absolue.

Au moment de lui dire au revoir, dans l'entrée, Ciro le serra longuement dans ses bras puis, presque honteux, se détacha de lui et s'enfuit.

La vieille Ford du maestro était garée non loin de la via Vicaria Vecchia, une rue passée depuis quelque temps sous la domination d'un rival de De Vivo, un jeune homme sans foi ni loi, selon le caïd. Elle était déserte, des rumeurs récentes de fusillades et de blessés ayant alimenté une peur fort compréhensible parmi les habitants du quartier.

Ce fut dans ce climat de couvre-feu que Gabriele se mit au volant et démarra. Il vit alors débouler de nulle part une vespa montée par deux types sans casque, dont le regard n'avait rien d'amical. Il fit mine de rien, avança lentement et s'éloigna sans demander son reste.

Serein, ou plutôt avec le sentiment qu'il n'avait jamais été aussi serein, il se dirigea vers la gare, prit le corso Meridionale, le corso Malta, et enfin le périphérique.

Vue d'en haut, la mer était d'un calme olympien en cette claire journée d'automne. Se conformant aux indications de son GPS, le maestro roula à une vitesse moyenne de 50 kilomètres à l'heure jusqu'à Pouzzoles, où, après trois ronds-points aussi incongrus les uns que les autres, il emprunta la route panoramique en direction du lac Lucrin. Non loin de la Bouche de l'Enfer – le lac Averne –, une trentaine de personnes handicapées encadrées par un groupe de bénévoles descendirent d'un bus, le contraignant à s'arrêter. Il les vit défiler à la queue leu leu en direction d'une aire de pique-nique.

Vingt minutes plus tard, il se garait devant l'hôtel, cette imitation absurde et hideuse d'un château. Il fit quelques pas le long de la mer pour repérer les lieux : un bar, un bureau de tabac, un magasin de meubles de jardin.

Cette fois, la réception était tenue par un homme de soixante ans qui serrait entre ses dents un fume-cigarettes dans lequel était fichée une cigarette violette. « Sans doute un ami du caïd », pensa le maestro. Il annonça qu'il avait réservé une chambre et demanda la deuxième du couloir – la plus proche de celle de De Vivo.

– Pourquoi celle-là ? s'enquit le réceptionniste en aspirant une énième bouffée de fumée.

– C'est celle qu'on a prise il y a trente ans, avec mon père, inventa le maestro.

– Il y a trente ans, l'hôtel n'existait pas, ironisa le type.

– Ça m'étonnerait. Ça signifierait que ma mémoire me joue des tours, ce qui est extrêmement rare, riposta Gabriele sans se départir de son calme.

L'homme lui jeta un regard surpris puis se retourna, prit avec flegme une clé sur le tableau et la lui tendit.

La chambre était sordide, avec ses meubles et son lit d'un vert fané, ses rideaux à fleurs déchirés aux fenêtres, sa salle de bains au sol en béton où étaient encastrés trois improbables carreaux de couleur rose.

Il y avait aussi un balcon donnant sur la plage. Un simple muret fissuré le séparait de celui du caïd, visible par l'un des interstices. Le maestro approcha son œil et distingua une petite table où étaient posés deux coupes et un seau à glace contenant une bouteille.

Il s'assit sur une chaise en plastique, la seule de la pièce, et se mit à attendre.

Vite, et sans se faire voir.

Constantin Cavafis

14

Le travail de la pensée est obscur, déraisonnable : Gabriele Santoro était en train d'imaginer sa mère et son père dansant au son d'une milonga lorsqu'il entendit un grincement de porte, des pas puis deux voix qui parlaient en sourdine. À la faveur de cette pénombre de l'esprit qui le porte à fouiner dans les territoires illicites, il fut frappé par le timbre étrangement aigu de la femme.

– Tu fais quoi ? On s'y colle sans boire un coup d'abord ? disait-elle.

Il sembla au maestro que son ton trahissait déjà une grande fatigue.

Attentif à ne faire aucun bruit, il se leva, sortit courbé en deux sur le balcon, où il approcha son œil de la fissure. De Vivo était en train de déboucher la bouteille. Puis il entreprit de palper sa partenaire avec la hâte de ceux qui ne savent pas attendre. Les cheveux blonds de la femme apparurent soudain dans le champ, mais Gabriele ne pouvait voir ses traits, car elle était de dos. Son corps lui parut menu et fragile. Il se concentra sur le visage glabre du caïd, détailla son expression gloutonne, ses yeux luisants de satyre, sa peau ridée et bronzée, fasciné par son air faux, par cette suffisance affectée qui le faisait ressembler à un clown sans âge.

De Vivo servit le champagne et le couple trinqua en silence. Puis le caïd se pencha pour embrasser la femme et ils ne tardèrent pas à s'éclipser.

Gabriele regagna lui aussi sa chambre. La cloison était mince mais il ne perçut qu'un léger bruit sourd, tel celui d'un corps qui tombe. Rien d'autre, pas un seul gémissement. Il s'assit en perspective de la longue séance de sexe qui se préparait, ferma les yeux et prit une profonde respiration.

Au bout d'un moment, pour tuer l'ennui, il décida de vérifier quel type de surveillance avait été organisé dehors et s'approcha de la fenêtre. Il se demandait si le caïd avait posté ses sbires pour parer une éventuelle embuscade dans la rue. Sans sortir, il balaya du regard le front de mer. Il ne repéra qu'un homme d'une cinquantaine d'années assis sur le muret du magasin de meubles de jardin, à côté d'une Passat grise. Il se fit la réflexion que le caïd avait choisi une drôle de voiture ce jour-là. Le type fumait avec l'attitude indolente de ceux qui aiment la solitude et l'attente. Son visage et son allure ne faisaient pas penser à un délinquant.

Une fois qu'il aurait tué De Vivo, s'était figuré Gabriele, ses gardes du corps viendraient aussitôt l'éliminer. Il avait fantasmé de lui tirer dessus à travers un oreiller, comme il l'avait vu faire dans un film de Marco Ferreri, *Dillinger est mort*. Ainsi, le coup de feu serait étouffé et ils n'entendraient pas la détonation. Mais bien qu'il eût passé beaucoup de temps à se représenter le crime, il n'avait jamais réussi à en prévoir tous les détails. Chaque fois, il s'arrêtait sur le visage en bouillie du caïd, sur l'oreiller taché de sang.

Par exemple, il n'avait jamais pensé à la façon dont il se comporterait avec la femme. Il était tout de même prévisible qu'elle irait dans la salle de bains après le sexe pour prendre une douche et se rhabiller. Ce qui laisserait le champ libre au maestro.

Soudain, les notes d'une vieille chanson qu'il n'avait pas entendue depuis des années lui parvinrent. *Fenesta che lucivi e mo non luci*[1], une sorte de sérénade macabre : « Elle se plaignait toujours de dormir seule, et maintenant elle dort en compagnie des morts… » Il imagina De Vivo en train de la chanter à la femme tandis qu'elle le chevauchait. « Les hommes âgés ont parfois ce genre d'envolées sentimentales », pensa-t-il. Il se saisit du colt en se disant que c'était peut-être le moment propice pour agir.

Il sortit dans le couloir et s'arrêta devant la porte voisine, prêt à l'ouvrir. Il eut la confirmation que c'était bien le caïd qui fredonnait la chanson. Puis il renonça à mettre son plan à exécution. Non par peur, mais par prudence. On pouvait présumer que De Vivo avait pris la précaution de fermer à clé, il ne pouvait en être autrement. Il serait donc tout à fait vain d'essayer d'ouvrir la porte – ça ne ferait que l'alarmer. Le maestro resta un moment immobile pour réfléchir à ce qu'il convenait de faire, puis il regagna sa chambre.

Pour commencer, il ne fit rien. Au bout de quelques minutes, entendant quelqu'un siffloter sur le balcon, il se glissa dehors et coula un regard par l'interstice du mur. Le caïd, torse nu, était en train de contempler la mer.

Tout à coup, il cessa de siffler et se figea, les sens en alerte, puis se tourna lentement vers la cloison de séparation. Gabriele fit aussitôt un pas de côté et se plaqua contre la paroi, retenant son souffle. Le caïd finit par rentrer. Quelques minutes plus tard, le maestro eut le sentiment que la femme geignait – mais il n'aurait pu jurer qu'il s'agissait d'une plainte, c'était peut-être un gémissement de plaisir. Le son devint parfaitement audible, dissipant ses doutes. C'était le cri d'une personne qui subissait un outrage physique

1. Fenêtre qui s'allumait et qui ne s'allume plus.

insoutenable. Puis il cessa, et seul le clapotis de la mer fut audible.

Un peu plus tard, Gabriele entendit la porte de la chambre voisine s'ouvrir et quelqu'un s'éloigner dans le couloir d'un pas si lourd qu'il ne pouvait s'agir de la femme. Puis la porte se referma.

Surexcité, le maestro reprit le colt et sortit à son tour en veillant à ne pas faire le moindre bruit.

Le caïd était là, de dos, arrêté au milieu du couloir. Gabriele fit un pas feutré vers lui, mais ce fut alors que la porte s'ouvrit pour livrer passage à la femme. Le maestro remarqua ses taches de rousseur et s'aperçut qu'elle n'avait pas plus de quinze ans. Elle ne s'aperçut même pas de sa présence.

Il la vit marcher dans le couloir, formant un bouclier devant sa cible. Sa silhouette apparut dans le viseur lorsqu'il tenta de braquer son colt vers De Vivo en tremblant. Elle s'éloignait dans sa petite robe transparente en satin noir, qui laissait entrevoir ses jambes très maigres et le fil du string se perdant entre ses fesses.

Un instant plus tard, ils avaient tous deux disparu, le criminel et la jeune fille. Gabriele se retrouva seul, sans que rien ne se fût passé.

Il regagna en hâte sa chambre et se dirigea vers le balcon, d'où il les vit partir, chacun de son côté, lui dans sa Passat grise de comptable, elle à pied, très lentement, comme si les pensées qui occupaient son esprit l'empêchaient d'adopter une allure normale.

De toute façon, cela ne pouvait pas durer.

Constantin Cavafis

15

Le maestro cacha l'échec de sa mission à son protégé. Après s'être changé – qui sait pourquoi, il avait endossé le costume sombre qu'il portait autrefois pour ses concerts –, il lui donna sa troisième leçon de piano, centrée sur les attaques et les articulations. Au fur et à mesure qu'il lui enseignait la technique, il était frappé par la posture particulièrement détendue du garçon, si adaptée à l'instrument. Plus tard, en constatant l'incroyable indépendance de ses doigts, il ressentit même la plus grande gratification de sa carrière d'enseignant.

Le soir, il lui fit écouter un enregistrement rare de Cortot jouant les *Préludes* de Chopin et fut enchanté de constater avec quel sérieux et quel engagement Ciro l'écouta. Dans son fanatisme, il lui montra même un film encore plus rare où Cortot expliquait à l'une de ses élèves qui venait d'exécuter un morceau de Schumann qu'il fallait non le jouer mais le rêver. Gabriele alla même jusqu'à développer cette notion de « rêverie » si abstraite pour un enfant – il était bien conscient que c'était folie que de prétendre lui transmettre des expériences aussi complexes – mais en même temps indispensable pour apprécier pleinement cet instrument. Il lui traduisit du français ce moment sublime où le grand pianiste, après avoir pris la place de l'élève pour interpréter le même morceau, lui ouvre de sa voix profonde et claire la voie qui mène à la pureté d'un son cristallin, un son en mesure de franchir la frontière du rêve.

Le téléphone sonna soudain et Gabriele, sans cesser de parler comme un fou de Cortot, de la beauté du cadrage qui avait livré la leçon de ce chaman-pianiste à la postérité, alla répondre. D'ordinaire, à cette heure-là, c'était son père qui l'appelait.

Non, c'était Diego, qui usait désormais avec lui de manières expéditives voire irrespectueuses :

– Bonsoir professeur, j'ai essayé de vous appeler dans l'après-midi mais vous n'étiez pas chez vous. Puis-je vous demander ce que vous avez fait ?

Gabriele resta silencieux. S'il avait écouté son cœur, il aurait raccroché. Son interlocuteur poursuivit sans lui laisser le temps de l'éconduire :

– Hier non plus, à vrai dire, vous n'étiez pas chez vous. C'est bizarre. Ce n'est pas dans vos habitudes, vous êtes connu dans le quartier pour être un animal casanier, de ceux qui ne sortent presque jamais de leur tanière. À quoi est due cette activité débordante ?

Son ton était si insolent que le maestro pâlit.

– Je viendrai vous voir demain matin, si vous m'assurez que vous serez là. J'aurais quelque chose d'urgent à vous dire, ajouta l'élève avant de prendre congé de manière abrupte.

Gabriele s'aperçut que Ciro le scrutait avec appréhension. L'enfant, bien qu'il eût compris que quelque chose n'allait pas, ne posa cependant pas de question.

Le maestro composa ensuite un numéro, laissa sonner plusieurs fois, mais personne ne répondit. Ciro pensa qu'il appelait Biagio, mais il n'eut pas le courage de le demander à voix haute.

Gabriele, pensif, regarda sa montre et annonça qu'il allait jeter la poubelle. Muni de celle-ci, il sortit sur le palier et se mit à descendre l'escalier.

Au rez-de-chaussée, il vit entrer par la porte cochère entrebâillée un groupe d'hommes et de femmes vêtus de couleurs sombres, avec des mines d'enterrement. Il salua l'un d'eux, le buraliste, puis comprit en franchissant lui-même le seuil qu'il s'était passé quelque chose de grave. Une foule, surtout composée d'hommes, s'était rassemblée sur la petite place. Lorsqu'il fit son apparition, quelques-uns se retournèrent pour le dévisager, mais lui, affectant une attitude calme et désinvolte, se dirigea vers la benne à ordures et y jeta son sac-poubelle. En regagnant l'entrée de l'immeuble, il croisa Gaudenzi en costume gris et cravate noire. Il se hasarda à lui demander, à sa manière cérémonieuse, ce qui s'était passé.

– Carmine Acerno, répondit à voix basse l'employé des postes.

Il n'ajouta rien, comme si le simple fait de prononcer ce nom suffisait à expliciter le sort rencontré par le camorriste. Gabriele, s'en tenant à cette information des plus laconiques, fit une de ses moues énigmatiques et prit congé de son voisin.

Dans l'escalier, il croisa d'autres visiteurs au teint blême et au regard absent, qui descendaient de l'appartement d'Angela et de ses enfants.

Il ne dit rien à Ciro. Sous le regard de celui-ci, il alla chercher une valise dans la soupente et y entassa les quelques effets de l'enfant, les chemises, les pantalons, les sous-vêtements et le sweatshirt, puis quelques-uns de ses propres habits. Il s'assit ensuite à son bureau et attendit. Deux heures plus tard, il alla voir son protégé, qui s'était endormi entre-temps. Il le secoua et lui dit :

– Prépare-toi. Il faut qu'on parte, c'est trop dangereux de rester ici. Je vais descendre en premier avec la valise et, si la voie est libre, je sifflerai un petit air et tu pourras me rejoindre. Tu iras te cacher derrière le comptoir du concierge, le temps que je récupère la voiture. Tu compteras jusqu'à cinquante, ensuite tu sortiras et on se retrouvera devant la porte.

Ils échangèrent un long regard – seule signature de leur pacte silencieux – puis le maestro éteignit les lumières et sortit, la valise à la main, laissant la porte entrouverte afin que son sifflement pût arriver jusqu'à Ciro. En effet, quelques instants plus tard, le garçon entendit un air dans lequel il n'aurait eu aucun mal à reconnaître, s'il avait reçu une éducation musicale, un thème de *Carmen* de Bizet.

Il obéit aux instructions : au rez-de-chaussée, il se cacha derrière le comptoir et se mit à compter. Mais à peine était-il arrivé à cinq que quelqu'un enfonça une clé dans la serrure de la porte cochère. Paniqué, l'enfant courut d'instinct vers la loge du concierge et s'y dissimula.

Par la porte entrouverte, il vit passer *'o chiatto*, qui portait encore les traces des coups infligés par Carmine. Pour éviter d'être vu, il recula d'un pas et s'effaça dans l'ombre de cet antre humide et malodorant.

L'homme jeta un coup d'œil autour de lui avant de s'engager dans l'escalier. Ciro se mit à compter ses pas au rythme d'un chiffre par marche. Quand *'o chiatto* s'arrêta, l'enfant en déduisit qu'il avait atteint le troisième étage. Et qu'il avait été envoyé là pour surveiller le maestro.

Il sortit sans plus tarder. La Ford était là. Il ouvrit la portière et monta. Le maestro passa la première vitesse, et ils partirent. Aucun des sbires de De Vivo n'était dans les parages, et les deux fugitifs purent quitter le quartier sans encombre en un temps record. Si l'enfant semblait excité par cette fuite, Gabriele était au contraire de plus en plus sombre et tendu. Ciro ne tarda pas à se lasser de son silence :

– Où c'est qu'on va ?

– Dans un bel endroit.

Déçu par cette réponse laconique, l'enfant voulut connaître le nom du lieu.

– On va à la campagne, dit le maestro à contrecœur. À Cusano Mutri, chez mon père.

– J'suis déjà allé là-bas, murmura Ciro.

– Ah bon, comment ça se fait ?

– J'peux pas t'le dire.

Ils se turent de nouveau. Au bout d'une demi-heure, Gabriele s'arrêta dans une station-service. Il proposa à Ciro d'aller aux toilettes, mais le garçon secoua la tête. Il lui demanda ensuite s'il voulait de l'eau et quelque chose à manger.

– Un Coca, murmura l'enfant.

Le maestro fit la queue à la caisse pour acheter la boisson, puis demanda à Ciro de patienter pendant qu'il allait aux toilettes. Là, il eut l'impression que le petit homme boiteux qui urinait à côté de lui l'observait en coin. Il s'était déjà aperçu qu'il le dévisageait de ses yeux froids et indiscrets alors qu'il payait à la caisse.

Ensuite, il se lava les mains tout en le gardant à l'œil. L'homme remonta sa braguette puis s'approcha et se lava lui aussi les mains au lavabo situé sur sa droite. Il prenait son temps et lui jetait des regards furtifs. Quand il finit par sortir, Gabriele lui emboîta le pas et le vit se diriger vers une voiture où l'attendait une femme avec un nouveau-né, alors il se tranquillisa.

Le maestro et l'enfant reprirent la route et roulèrent pendant une heure. Ils s'arrêtèrent au cœur de la nuit devant une maison située au milieu d'une forêt de chênes et de chênes-lièges, où les accueillit le père de Gabriele, un homme très maigre dont le profil aquilin semblait le rattacher à quelque espèce ornithologique éteinte.

Ciro eut l'impression que ce vieillard à l'air doux et distrait, qui vivait seul malgré son grand âge, était très étonné de l'arrivée d'un enfant avec son fils, bien qu'il ne fît aucun commentaire à ce sujet. Il demanda à Ciro s'il était fatigué et lui proposa une tasse de lait chaud. Le garçon bredouilla tant bien que mal un remerciement. Il était clair qu'il mourait de sommeil.

Gabriele lui montra sa chambre. Le lit n'était pas fait, mais Ciro s'y allongea tout habillé.

Le maestro et son père, quant à eux, s'attardèrent au salon pour discuter. Massimo – tel était le prénom du vieil homme – préféra rester debout et continua de faire les cent pas dans la grande pièce tapissée de livres, car il se comportait parfois de façon extravagante. Gabriele, pour sa part, s'étendit sur le canapé.

Il avait prévu que son père lui poserait des questions sur l'enfant et voudrait savoir d'où il sortait. Mais le vieillard se mit à parler comme si de rien n'était de l'habitude qu'il avait contractée de se promener dans les bois tôt le matin et des travaux auxquels il se consacrait, dont, en premier lieu, la réorganisation des notes de son premier cours universitaire, centré sur Gorgias – Massimo était professeur émérite de philosophie à l'université Federico II de Naples.

À trois reprises, il répéta sans s'en apercevoir cette histoire de notes sur Gorgias à remettre en ordre. Le maestro, frappé par sa tendance à perdre le fil de ses pensées, en fut désolé et ressentit de la compassion pour lui.

– Je m'intéresse à Gorgias, dit Massimo, parce qu'il est censé marquer le début du désastre, mais ce n'est pas vrai. Il représente non la tromperie, mais au contraire l'honnêteté de ceux qui reconnaissent la valeur du doute. Il est le premier à avoir compris que la parole et l'écriture corrompent la pensée, tu comprends ?

Le professeur s'aperçut à un certain moment que son fils s'était endormi. Alors il éteignit la lumière après l'avoir couvert d'une vieille couverture en laine.

Le lendemain, à son réveil, le maestro trouva la maison déserte. Il fit le tour des pièces et s'arrêta dans le bureau de son père.

Sur la table, il avisa un cahier sur lequel trônait une paire de lunettes, au milieu d'une quantité de livres et de papiers divers, dont une myriade de fiches. Se penchant sur celles-ci, toutes couvertes de pattes de mouche, il constata qu'elles étaient consacrées à la fameuse étude sur Gorgias.

Soudain, il aperçut Massimo et Ciro par l'une des fenêtres. Il s'approcha de la vitre et les vit prendre le chemin de la forêt. Il se demanda un instant s'il devait les accompagner puis conclut qu'il pouvait les laisser seuls.

Il se prépara un café et une tartine grillée avant de s'asseoir à la table de la cuisine. Là, sans le vouloir, il replongea dans le passé, mais avec douceur, pour une fois.

Il revit son père, sa mère et son frère tels qu'ils étaient autrefois, leurs petits déjeuners ensemble durant les longs étés exténuants qu'ils passaient là. Il devait avoir quinze ans lorsque, dans cette même cuisine, son père lui avait demandé à brûle-pourpoint s'il préférait les hommes. Sans gêne, avec ce terrible franc-parler de ceux qui croient pouvoir dire tout ce qu'ils pensent, que Gabriele trouvait insupportable. Mais cette fois-là, pensant qu'il pouvait révéler sa vérité à son père, que ça en valait la peine, il lui avait répondu sans réticence. Il avait cherché avec maladresse les mots justes, des mots qu'il ne saurait formuler de façon claire que plus tard, après avoir lu un poème de Cavafis, *Trouble.*

Mon âme au milieu de la nuit
est confuse et défaite. C'est dehors,
en dehors d'elle que se déroule sa vie.

Et elle attend l'aube improbable.
Et je m'use à attendre, et je m'ennuie aussi
en elle ou avec elle.

Son père avait accueilli cette révélation avec bienveillance : il lui avait souri et même caressé la joue. Et avait exprimé un vœu : « Puisses-tu n'avoir jamais peur de tes désirs. » Cette phrase sibylline avait paru libératrice à son fils. Quoi qu'il en soit, l'aube improbable du poète ne s'était jamais levée, et Gabriele continuait à s'user les nerfs dans une attente exténuée.

Quelques heures plus tard, ne voyant toujours pas son père et l'enfant revenir, il jugea bon d'aller les chercher. Il emprunta le chemin de la forêt et marcha sans se presser vers une clairière où ses parents aimaient jadis faire halte les après-midi d'été. Mais il n'y trouva personne. Une lumière limpide se posait sur les couleurs vives de la nature, et l'air était résolument froid. Il continua le long d'un des sentiers. Tandis qu'il s'enfonçait dans le bois épais, il repensa à De Vivo et à sa maîtresse adolescente.

Il ne parvenait pas à s'ôter de l'esprit l'image de l'homme se penchant sur ce visage constellé de taches de rousseur pour l'embrasser, et encore moins à oublier ce gémissement sourd, vicieux et incompréhensible qu'il avait entendu avant leur départ.

Au bout d'un moment, il atteignit un tournant où le passage était obstrué par un arbre énorme abattu par les intempéries. Il s'arrêta pour écouter la brise qui se faufilait entre les feuilles des chênes et leva les yeux vers le ciel, qu'il aperçut au-delà de leurs mouvantes frondaisons. Puis il regarda sa montre. Deux heures s'étaient écoulées depuis qu'il avait aperçu Ciro et son père par la fenêtre. Peut-être aurait-il dû s'inquiéter, mais il était tranquille. Il ne pouvait pas du tout imaginer qu'à ce moment précis, l'enfant, blotti contre le vieux monsieur, le scrutait d'un air inquiet.

– Tu t'sens bien ? demanda Ciro après avoir attendu en vain que Massimo se remît du malaise qui l'avait fait s'effondrer par terre.

– Ce n'est rien, ça m'arrive de temps en temps, il suffit d'attendre et puis ça passe, murmura le vieil homme.

L'enfant lui prit la main et constata qu'il avait des sueurs froides.

Plus tôt ce matin-là, tandis qu'il lui préparait son petit déjeuner, Massimo s'était contenté de lui sourire. Ce n'est qu'après que le garçon eut mangé qu'il l'avait lancé sur le sujet du football. Il lui avait demandé quelle position il préférait et Ciro avait répondu que ses camarades l'obligeaient à jouer arrière latéral.

Durant la promenade, ils étaient restés silencieux jusqu'à ce que le professeur s'allongeât tout à coup par terre. Il ne fallait pas s'inquiéter, avait-il dit, mais d'une voix si faible que l'enfant avait eu du mal à l'entendre.

Un peu plus tard, quand il commença à se sentir mieux, Massimo lui demanda son nom.

– Ciro, répondit l'enfant, qui décela une fêlure dans sa propre voix.

– Comme Cyrus, le roi de Perse.

S'il ne l'avait vu sourire, l'enfant n'aurait même pas perçu son amusement.

Puis le père du maestro ferma les yeux, et Ciro, voyant de près ses paupières creuses, ses lèvres sèches, sa peau très blanche et striée de rides, se souvint d'un vieil homme qu'il avait vu mourir. Son grand-père, le père de sa mère. Alors il ferma lui aussi les yeux et attendit.

Va donc travailler maintenant, cerveau.

Constantin Cavafis

16

Pendant la longue absence de Massimo et de Ciro, Gabriele mit la table pour le déjeuner et cuisina le plat préféré de son père, les pâtes aux pommes de terre. Quand les deux promeneurs réapparurent, ni l'un ni l'autre ne prit la peine de l'informer de ce qui s'était passé. Du reste, Massimo avait été catégorique à ce sujet :

– Regarde-moi bien, avait-il dit à Ciro, mon fils ne doit rien savoir de mon malaise. Ça ne servirait à rien qu'il se fasse du souci. « Cette vie est un hôpital où chaque malade est possédé du désir de changer de lit », c'est un grand poète français qui l'a dit. C'est peut-être vrai, mais à mon âge, la vie se réduit à peu de choses essentielles, et changer de lit ne m'apporterait rien de nouveau.

Le garçon, sans appréhender pleinement le sens de ces phrases, avait néanmoins acquiescé, et tous deux avaient pris le chemin du retour peu après.

Mais lorsqu'ils se retrouvèrent tous les trois, Ciro se sentit mal à l'aise. Devait-il respecter ou rompre ce pacte incompréhensible ? Il finit par décider de contenter le vieux monsieur.

Ils firent honneur au déjeuner avec appétit et entrain. Le maestro remarqua que l'enfant appréciait visiblement la nourriture, lui qui avait en général du mal à s'abandonner à ce plaisir. À la fin du repas, chacun se retira dans sa chambre pour se reposer. Au bout d'une petite demi-heure, Ciro rejoignit Gabriele et s'allongea à côté de lui. Le maestro aurait voulu fermer la porte de la chambre mais se sentait trop paresseux pour se relever. À son réveil, il trouva son père sur le seuil en train de les observer.

Il n'y avait pas une once de jugement dans son regard, Gabriele pouvait en être sûr, mais il était évident que son père se posait des questions. Dont les plus simples étaient : Qui est cet enfant ? Quel est son rapport avec Gabriele, l'a-t-il adopté ?

Le maestro se leva, sur le point de se justifier, mais son père, le prenant de court, lui annonça qu'une invitée les rejoindrait le lendemain : Eleonore, une collègue et amie américaine de l'époque où il enseignait à Berkeley. Ciro et Gabriele pouvaient-ils dormir dans la même chambre, afin d'en libérer une pour elle ? Ensemble, ils portèrent un lit de camp et un matelas jusqu'à sa chambre, puis les draps, l'oreiller et les couvertures du petit.

En apparence, la scène dont Massimo avait été le témoin involontaire n'avait laissé aucune trace en lui, mais Gabriele la soupçonnait d'avoir constitué une sorte de révélation qui le perturbait, même s'il faisait mine de rien. C'était quelque chose qui avait à voir avec l'image de lui-même que Gabriele avait offerte aux autres au cours des trente dernières années, l'image d'un homme en fuite.

Quand il avait obtenu son diplôme du conservatoire et annoncé à ses parents qu'il comptait s'installer à Forcella, son père lui avait demandé quelle faute il entendait expier. Textuellement. Non pour le blesser – c'était là une prérogative à usage exclusif de son frère – mais parce qu'il croyait deviner ce que ce choix pouvait avoir d'irrationnel et d'autodestructeur. Une conduite d'échec, peut-être.

Un amour trahi était en fait à l'origine de ce déménagement, mais la lecture du célèbre livre d'Ortese avait aussi joué son rôle, en particulier ses formules acérées sur les ruelles sordides de Forcella: « Une misère sans contours, silencieuse comme une araignée, défaisait et recomposait à sa guise ces tissus misérables, en engluant de plus en plus jusqu'aux moindres couches de la plèbe, qui est souveraine en ces lieux. » Tels étaient les mots qu'elle avait écrits après avoir visité le quartier de nombreuses années auparavant, un peu après la guerre. Mais la principale raison qui avait poussé Gabriele à y habiter était la reconnaissance – ou la supposition – que ce lieu était totalement étranger à la vie qu'il avait vécue jusque-là. Cet immeuble et ce quartier lui avaient permis d'opérer un changement radical: ils avaient entériné son désir de repartir de zéro, de renoncer à ses origines, à son histoire.

La voix fatiguée de son père trancha brusquement le fil de ses pensées:

– Renato a appelé ce matin, mais je ne lui ai pas dit que tu étais ici avec l'enfant.

– Tu as bien fait, papa. Peut-être que le moment est venu de t'expliquer qui est Ciro...

– Non, je ne crois pas que ce soit nécessaire, dit Massimo en accompagnant ses mots d'un regard empreint de douceur. Je dirais même que ça me fait plaisir de ne pas le savoir.

Entre-temps, Ciro s'était approché de Gabriele pour attirer son attention, tel un fils qui souhaite rappeler son existence à son père. Il lui demanda s'il voulait bien lui prêter son téléphone et jouer à un jeu électronique avec lui.

Au début, quand le garçon était apparu dans sa vie, le maestro s'était demandé pour quelle raison il n'avait pas emporté son portable avec lui dans sa fuite. Puis il avait compris que c'était intentionnel, comme si le petit avait déjà la certitude que sa fugue serait sans retour.

Après avoir joué un peu, Gabriele abandonna son téléphone à Ciro et partit en quête de son père.

Il le trouva sur une petite terrasse dominant la vallée, profitant d'un pâle rayon de soleil pour travailler dehors. Il alignait des mots microscopiques toujours en lien avec son ouvrage sur Gorgias sur un carnet posé à même ses genoux osseux.

En d'autres temps, Gabriele lui aurait demandé conseil au sujet de l'enfant, mais son père lui parut sans défense, trop fragile pour supporter un tel fardeau.

Massimo leva les yeux et l'accueillit avec un sourire.

– Ça faisait longtemps que tu n'étais pas venu me voir. C'est bien que vous soyez ici, Ciro et toi.

Il opéra cette petite correction apparemment indolore du « tu » au « vous » puis murmura :

– Je crains que le père éternel ne m'ait oublié. J'aurai bientôt quatre-vingt-quatorze ans.

Une note poignante était perceptible dans sa voix éraillée. Plongeant son regard dans les yeux liquides de son père, le maestro pensa qu'ils ne s'étaient jamais beaucoup parlé, tous les deux, et que la pudeur naturelle entre parents et enfants avait toujours prévalu entre eux.

Par exemple, son père et sa mère n'étaient venus chez lui à Forcella qu'une seule fois, lorsqu'ils y avaient improvisé un dîner après un concert, à l'époque où Gabriele commençait à se produire en public. Massimo et Amalia avaient fait le tour de l'appartement en silence, tandis que leur fils, en cuisine, débouchait une bouteille de vin rouge et réunissait au pied levé les ingrédients d'une sauce pour assaisonner les spaghettis. Il avait lu dans les yeux de son père ce qu'il pensait : « Moi, jamais je ne vivrais ici. » Non que Massimo tînt à affirmer la prétendue suprématie de son goût bourgeois. Il avait simplement espéré que la vie de son fils pût acquérir une grande envergure. Alors que cet appartement lui avait aussitôt paru exigu, il l'avait vu comme un piège, ou une punition, malgré tous les efforts de Gabriele pour le rendre attrayant et confortable.

Ainsi, ce dernier n'avait jamais renouvelé son invitation, pas plus que ses parents n'avaient pris la moindre initiative à ce sujet.

Ces pensées traversèrent rapidement l'esprit du maestro, tandis qu'il observait le regard perdu de son père.

Le soir, après le dîner, Ciro et lui jouèrent aux cartes. Puis Massimo, à l'aide d'une pièce de monnaie et d'un mouchoir, enseigna des tours de prestidigitation à l'enfant.

Le lendemain matin, ce fut Gabriele qui accueillit Eleonore, avec laquelle il tomba nez à nez alors qu'il s'apprêtait à partir en promenade. Comme elle était arrivée très tôt, elle avait attendu une heure plus décente dans sa voiture. Plus jeune d'une dizaine d'années que Massimo, elle avait sans doute été très belle. Comme son père dormait encore, le maestro montra sa chambre à Eleonore et lui proposa un café. La vieille dame s'assit à la table de la cuisine pendant qu'il le préparait. Il lui jetait des regards furtifs. Avec ses yeux bleu clair et son expression profonde, elle avait un visage fascinant.

– Massimo m'a dit que vous enseigniez la musique et que vous meniez une vie retirée, dit-elle d'une voix grave et un peu rauque.

Il se borna à acquiescer. Quand le café fut prêt, il le versa dans les tasses et s'assit à côté d'elle.

– Et vous, de quoi vous occupez-vous ? demanda-t-il aimablement.

– Je suis arrivée ici grâce à une bourse d'études en philosophie. Je voulais raconter mes impressions sur Naples, sur les traces des voyageurs qui ont tenté de décrire la façon de ressentir et de penser de ses habitants. J'étais convaincue que seul un essai me permettrait de rendre compte du grandiose cul-de-sac que représente cette ville. J'ai fini par me perdre puis, alors que j'étais sur le point d'abandonner, j'ai rencontré Massimo. À l'époque, c'était déjà un universitaire qui faisait autorité, malgré son jeune âge. Avec patience, il m'a sortie de l'ornière où j'avais versé et il m'a aidée à écrire un livre qui reste encore aujourd'hui une référence dans les départements d'italien des universités américaines. Je me suis mise à collaborer de façon plus systématique avec lui, mais peu après je suis tombée amoureuse de quelqu'un et, en l'espace d'un an, tout est devenu très compliqué et oppressant. Bref, j'ai commencé à voir Naples comme un enfer.

– En quel sens ?

– J'ai commencé à éprouver une certaine intolérance envers votre dieu, le dieu des choses incompréhensibles. Je constatais votre dévotion quotidienne à son autel, votre complaisance vis-à-vis de l'irresponsabilité qui en dérivait, et je n'avais plus envie d'être complice. Par ailleurs, mon histoire d'amour était terminée, je pouvais enfin prendre la fuite. Je suis rentrée à San Francisco.

Gabriele, que son récit fascinait, l'incita du regard à continuer.

– Chez nous, aux États-Unis, on essaye de surveiller et de limiter l'incompréhensible, c'est notre défaut, mais si l'on accepte ce handicap, il y a d'autres avantages. En tout cas, l'envie de Naples m'a peu à peu reprise. Au bout de quelques années, grâce à Massimo, j'ai recommencé à la fréquenter. Entre-temps, j'étais devenue une universitaire d'un certain renom, je n'ai donc pas eu de mal à me faire accueillir à l'Institut pour de longues périodes en tant que professeure invitée. J'ai aussi une maison à Procida, maintenant.

Ce fut alors que Massimo fit son apparition. Eleonore le serra dans ses bras avec tant de chaleur que Gabriele en fut surpris : qui aurait dit que deux personnes aussi âgées pouvaient encore ressentir une telle intensité ? Ciro arriva peu après et Massimo le présenta à la vieille dame comme un nouvel ami, ce qui lui valut un clin d'œil reconnaissant de l'enfant.

L'arrivée d'Eleonore installa un climat plus harmonieux dans la maisonnée. Son principal effet fut d'atténuer l'embarras de Gabriele vis-à-vis de son père. Ciro et lui se mirent à passer beaucoup de temps de leur côté. Profitant de la présence d'un piano, ils reprirent leurs leçons pour meubler les longs après-midi.

Une nuit, dans l'obscurité de la chambre, juste avant de s'endormir, Ciro commenta :

– Si t'arrêtes pas d'm'apprendre le piano, ça veut dire qu'tu penses qu'ça vaut l'coup.

Plus qu'une allusion à son talent prometteur, cette phrase exprimait un pari sur le temps : celui que tous deux auraient encore à leur disposition dans un avenir indéterminé. C'est du moins ainsi que Gabriele l'interpréta.

Deux semaines s'étaient écoulées depuis que Ciro avait cherché refuge chez le maestro. L'abjection de Forcella était désormais loin derrière. Là, à la campagne, il s'était réapproprié son âge, il était redevenu un enfant. On pouvait le lire dans son regard, où l'étonnement, entre autres, avait peu à peu refait surface. Le maestro l'observait avec enchantement jouer avec les chiens du voisinage. Il s'interrogeait toutefois sur la suite des événements. L'éventualité d'un retour à Naples était exclue. Et le séjour chez son père, bien qu'il leur eût donné, à l'enfant et à lui, l'illusion d'une vie de famille normale, ne pouvait s'éterniser. Gabriele n'avait personne à qui demander de l'aide, et le conservatoire n'avait accepté sa demande de congé que pour un mois.

Quelques jours plus tard, Eleonore annonça que sa visite touchait à sa fin et qu'elle partirait le lendemain pour Rome, d'où elle prendrait un avion pour les États-Unis. Massimo proposa un barbecue en guise de fête d'adieu. Ainsi le maestro et l'enfant furent-ils envoyés au village pour acheter de la viande d'agneau et des saucisses.

Pendant le trajet en voiture, Ciro fredonna un air puis demanda de but en blanc à Gabriele s'il regrettait de l'avoir caché. Pour toute réponse, ce dernier lui prit la main et la serra dans la sienne.

Tandis qu'il attendait chez le boucher, le maestro, voyant son protégé s'amuser de nouveau avec son portable, se réjouit de ce code implicite entre eux – de ce pacte – qui rendait superflue toute ingérence dans les affaires de l'autre.

Plus tard, peu avant d'arriver au portail de la maison paternelle, Gabriele remarqua une voiture garée sur le trottoir et regarda machinalement à l'intérieur. Au volant, un quadragénaire au visage bronzé et, à côté de lui, un homme de dix ans plus jeune, avec une moustache noire et des lunettes de soleil.

D'instinct, alors qu'il aurait dû s'engager dans l'allée du jardin, Gabriele continua, tourna à droite au bout de la route et se gara à l'abri des branches d'un platane. Là, sous le regard inquiet de Ciro, il observa les deux hommes et n'eut aucun mal à comprendre qu'ils surveillaient la maison de son père.

Le maestro ne voulait pas alarmer Ciro, et celui-ci avait peur d'aiguiser la tension de cette attente par des questions importunes. Sa voix claire finit cependant par résonner dans le silence de la voiture :

– C'est ma faute. Ce matin, j'ai envoyé un message à Rosario avec ton portable. Et il m'a répondu qu'il voulait savoir où j'étais.

Ciro éclata en sanglots, comme jamais auparavant. Gabriele se pencha pour le réconforter et, ainsi qu'il l'aurait fait avec son fils, le serra contre lui. Le moment de lui dire la vérité était venu :

– Rosario est mort, murmura-t-il. On l'a retrouvé au fond d'un puits.

L'enfant plissa longuement les yeux, comme s'il voulait résister au vertige qui tentait de l'aspirer dans les profondeurs de ce puits, puis il les rouvrit, inondés de larmes. Voyant qu'un des hommes était descendu de voiture et s'approchait de la maison, le maestro démarra. Il exécuta une manœuvre rapide pour faire demi-tour, passa devant les sbires et s'engagea dans la longue ligne droite. Il constata dans le rétroviseur que leur voiture avait elle aussi fait demi-tour et les prenait en chasse. Excité et effrayé à la fois, Ciro se retourna pour calculer la distance qui les séparait de leurs poursuivants. Après un virage, profitant de leur léger avantage, il fit signe au maestro de tourner dans un chemin de terre. Ce dernier obéit.

Ils s'enfoncèrent dans la forêt touffue puis, au bout d'un moment, ne voyant pas de voiture derrière eux, poussèrent un soupir de soulagement.

– Par là, moi j'la connais c'te piste, elle arrive à une baraque vide, dit Ciro.

Le maestro le regardait avec perplexité, il poursuivit donc :

– J'y ai été avec mon père. De Vivo gardait là un type qui s'était fait tirer dessus.

Ils abandonnèrent la Ford au bout de la piste et continuèrent à pied, à travers les chênes et les châtaigniers, jusqu'à une clairière où se trouvait la bâtisse, une grande ferme en ruine. Tel un enfant fier de montrer ses cachettes, Ciro invita Gabriele à le suivre. Après avoir traversé trois immenses salles vides, il le conduisit à l'étage pour lui montrer la chambre où le fugitif avait dormi et où régnait une forte odeur d'urine. Autour du lit, le sol était jonché de nombreuses revues pornographiques et de préservatifs.

– Les jeunes venaient tirer leur coup ici, expliqua-t-il sur le ton d'un guide de musée en bombant le torse.

Le maestro hocha la tête.

– J't'ai menti, poursuivit l'enfant, c'est pas vrai qu'j'ai vu tuer Mesa.

– Je l'avais compris.

Ce fut alors qu'ils entendirent un bruit de moteur. Ciro regarda par une des fenêtres et aperçut au loin une BMW et une Mercedes s'arrêter sur la petite esplanade où Gabriele avait garé sa Ford. Huit hommes en descendirent, dont *'o chiatto* et Diego.

– Vite, partons d'ici, dit le maestro.

Ils quittèrent la ferme en hâte et empruntèrent le chemin de la forêt. Mais lorsqu'ils arrivèrent à une bifurcation où se trouvait un puits, Ciro assuma la direction des opérations.

– On prend c'raccourci, ils le connaissent pas, dit-il, sûr de lui.

Ils s'engagèrent dans un sentier puis l'enfant entraîna le maestro le long d'une coulée de lumière verdâtre. Ils n'échangèrent pas un seul regard pendant une demi-heure. Ce fut alors que Ciro, se rendant compte que son compagnon avait du mal à soutenir le rythme de la course, ralentit pour adopter une allure presque normale.

En s'enfonçant dans l'enchevêtrement du bois, le maestro entendit un étrange bourdonnement, comme si les voix de ses poursuivants murmuraient dans ses oreilles. Peu auparavant, il s'était tordu la cheville, et les élancements douloureux qui le tourmentaient depuis avaient donné une consistance déliquescente à ces voix. Elles haussaient soudain le ton puis redevenaient imperceptibles, jusqu'à s'évanouir dans le vent.

Le vent, oui. Celui auquel la Sibylle de Cumes confiait les feuilles d'arbre sur lesquelles elle avait écrit ses verdicts, en attendant que sa fureur déchaînée les rendît illisibles. Une bise glacée venue des montagnes les saisissait aux tempes et les gelait jusqu'aux os, implacable. Aucune présence n'était visible autour d'eux, si ce n'est celle d'un sanglier ou cochon sauvage entrevu le long du chemin.

Lorsque la douleur devint insupportable, Gabriele s'arrêta dans une clairière non loin d'une falaise. Il s'assit sur le sol près d'un ruisseau et se massa la cheville. Persuadé qu'il se relèverait vite, Ciro poursuivit son chemin. Mais lorsqu'il se retourna et le vit immobile, il revint sur ses pas et s'accroupit à côté de lui.

– Je crois que je ne vais pas y arriver, chuchota le maestro.

Ciro était surpris: pour la première fois, il le voyait résigné. Un reproche évident transparut dans ses yeux. Il fit signe à son protecteur de ne pas parler, s'éloigna en direction de la paroi rocheuse et disparut.

Resté seul, Gabriele s'allongea et ferma les yeux. Pendant un instant, il repensa à Biagio, au temps qu'il leur avait fallu pour décréter la fin de leur relation et dissiper le sortilège qui les avait liés. Après sa visite, son ami lui avait envoyé un message lui proposant un rendez-vous dans un bar où ils avaient coutume de se voir au début de leur histoire, mais le maestro ne lui avait même pas répondu.

Une rafale de vent glacée le fit frissonner. Sa pensée délaissa Biagio pour se consacrer à son père, à Eleonore et aux questions que tous deux se posaient sans doute depuis leur disparition. Massimo, par discrétion, ne l'avait pas encore appelé sur son portable – peut-être ne le ferait-il jamais.

Gabriele n'était pas familier de la forêt, il l'avait peu fréquentée dans sa vie. Mais maintenant, dans l'absurdité de ce moment, il se sentait envoûté par ses odeurs, étourdi par sa lumière pâle.

Pendant ce temps, le volume des voix continuait à fluctuer, elles partaient et revenaient comme si elles émanaient de la terre humide. Il eut l'impression de distinguer celle de Diego, bien qu'incertaine et lointaine. Depuis le début de ses aventures avec Ciro, il était persuadé que ce pianiste frustré serait son bourreau. « Les crimes de l'art sont les pires », songea-t-il.

Il se faisait du souci pour l'enfant mais dans le même temps, pour des raisons insondables, il était convaincu qu'il s'en tirerait. La sibylle de Cumes le lui avait confirmé elle aussi. En y repensant, il se souvint qu'elle avait parlé d'un gage, sans cependant préciser lequel.

Taraudé par l'incertitude quant à la tournure que prendraient les événements, il se leva et fit deux pas vers la falaise. Ce fut alors que l'enfant réapparut tel un fantôme. Il s'approcha, prit la main du maestro et chuchota :

– Un peu plus loin, y a une grotte où ils pourront pas nous trouver.

Ils s'engagèrent dans le sentier au pied de la paroi. Au bout d'un moment, Ciro montra à Gabriele un passage dans une ravine et le guida patiemment jusqu'à une galerie où il fallait ramper. Le maestro y parvint en rentrant son ventre le plus possible. Ils se retrouvèrent bientôt dans une gorge où il n'était possible de marcher qu'en équilibre au bord du vide.

Il faisait presque nuit désormais. L'enfant jouait avec empressement son rôle de guide et se retournait souvent pour vérifier que son ami ne rencontrait pas de difficulté ou d'obstacle infranchissable. Au bout d'un quart d'heure, ils arrivèrent devant l'ouverture d'une profonde galerie et Ciro fit signe à Gabriele d'y entrer.

– Toi tu t'reposes, moi j'vais voir s'ils ont dégagé, dit-il en s'éloignant.

Il parcourut en sens inverse le trajet qu'ils venaient d'effectuer et replongea dans la forêt. Il progressa à travers la pénombre jusqu'à un rocher qu'il escalada, d'où il put voir au loin les torches de leurs poursuivants, au nombre d'une douzaine, qui composaient un étrange ballet, s'allumant et s'éteignant telles des lucioles. Les hommes criaient des phrases incompréhensibles. Ciro s'accroupit pour les observer, tandis que leurs hurlements décroissaient peu à peu jusqu'à devenir un son presque imperceptible. Alors les dernières lueurs furent englouties par la nuit.

Ah, m'arrêter ici.

Constantin Cavafis

17

Dans le silence solennel de la nuit, Gabriele et Ciro cherchèrent des branches sèches pour allumer un feu. Ils n'avaient pas grand-chose à se dire, mais le maestro décelait dans les yeux de l'enfant la même peur terrible que les premiers jours après sa fugue. Assortie de la fierté de ceux qui refusent de se rendre. Leur point commun, c'était d'avoir tous deux survécu à un désastre. Ciro, de façon évidente, au contraire de Gabriele, dont la catastrophe était dénuée d'événements tragiques comparables à ceux que l'enfant fuyait. Elle n'avait ni début ni fin et semblait presque inconsistante.

Le vent s'infiltra dans la grotte, ranimant les flammes. Gabriele tendit sa veste à son protégé, qui la refusa. Puis il ne se passa plus rien.

À un certain moment, le maestro eut l'impression que Ciro fermait les yeux. Il en fit autant et ne tarda pas à s'endormir.

En réalité, le garçon fit le guet toute la nuit et sortit régulièrement pour s'assurer que les hommes de De Vivo s'étaient éloignés pour de bon.

À l'aube, voyant la forêt tranquille et amicale, il caressa la joue de Gabriele, qui ouvrit les yeux. Il lui fit signe qu'il était temps d'y aller.

Ils n'échangèrent pas un mot pendant le trajet. À deux reprises, l'enfant, alarmé par des bruits, leva la main pour arrêter le maestro et s'avança un peu le long du sentier pour vérifier que la voie était libre.

Au bout de deux heures d'une marche ininterrompue et rapide, ils débouchèrent sur une route départementale peu fréquentée, ils ne tardèrent pas à s'en rendre compte. Une vingtaine de minutes plus tard, voyant enfin deux voitures pointer à l'horizon, le maestro leva le bras.

Une Golf blanche s'arrêta. Au volant, une femme de quarante ans, une maîtresse d'école primaire avec une mèche blanche lui barrant le front. Elle se rendait dans un village situé à trente kilomètres de là, mais à la requête de Gabriele, qui lui raconta que sa Ford était tombée en panne, elle accepta gentiment de les conduire à la première agence de location de voitures.

À l'agence, où seuls quelques modèles étaient disponibles, l'attention du maestro et de son protégé se porta sur une Volvo grise. Gabriele tendit sa carte de crédit à l'employé, qui voulut savoir où il comptait rendre le véhicule. Il répondit qu'il n'en avait pas la moindre idée. L'homme lui expliqua qu'il n'était pas possible de laisser la destination en blanc, alors il se décida sur une impulsion : ce serait Marseille.

La voiture était confortable et rapide, pour la plus grande joie de Ciro, qui ouvrait sans cesse sa fenêtre pour pencher la tête à l'extérieur et laisser le vent frais lui fouetter le visage. Ils arrivèrent à Vintimille à la nuit tombante. Le maestro se mit en quête d'une chambre et en trouva une à la pension Fenoglio, une petite villa délabrée située sur un promontoire au-dessus de la mer.

Gabriele aida le garçon à se mettre au lit. Pour la première fois, il lui sembla docile, pris au piège de cette passivité qui est le fruit de l'affection la plus pure. Ce qui émut le maestro, bien sûr.

Une fois l'enfant endormi, il sortit sur la terrasse et se laissa envelopper par la brise marine et l'odeur intense d'algues en décomposition. « Que faire maintenant, où aller ? » se demanda-t-il. Immobile sur ce rectangle dominant la mer et l'obscurité de la nuit, il se remémora certains soirs d'été avec sa mère à Procida. Il repensa à la fureur avec laquelle Amalia aspirait la fumée de ses cigarettes puis, dégoûtée, écrasait son mégot sur le sable du bout de sa sandale. Il entendit de nouveau son rire retentissant et anarchique, dont il eut même la sensation irréelle qu'il déchirait l'obscurité brumeuse de cette nuit. Sa mère avait rêvé pour lui une vie placée sous le signe de l'harmonie et de la sérénité. Alors que l'existence qu'il menait, aussi retirée qu'excentrique, lui paraissait aberrante. Cette pensée lui fit de la peine, et il s'étonna du fossé qu'il avait creusé entre lui et les gens qu'il avait aimés.

Il rentra dans la chambre et se coucha, mais ne trouva le sommeil que vers quatre heures.

À l'aube, il réveilla Ciro et ils prirent la direction de la frontière. Peu avant d'y arriver, Gabriele bifurqua, s'engagea dans une piste et ne s'arrêta que lorsqu'il fut sûr d'être assez loin de la route. Ils se trouvaient au milieu d'un décor d'oliviers et de pins, avec quelques tamaris çà et là. Ils descendirent. Sous leurs pieds, le sol était argileux, avec des affleurements rocheux.

Ciro, la mine effrayée, n'osait parler. Gabriele déchiffra une question très simple dans ses yeux enfoncés : « Quelles sont tes intentions ? » Il s'assit sur un rocher et grilla une cigarette, muré dans ses pensées, impénétrable, comme toujours quand il était assailli par le doute. Puis il se leva brusquement, se hâta vers la voiture, ouvrit le coffre et l'indiqua à l'enfant.

– Mets-toi là.

Ciro eut l'impression que son sauveur avait perdu la tête, mais l'idée de se cacher était si amusante qu'il acquiesça.

– Quand tu seras là-dedans, ne bouge plus, continua Gabriele. Si par hasard les douaniers devaient ouvrir le coffre, ils nous sépareraient et ils te rendraient à ta famille. C'est un risque, mais on n'a pas le choix. En Italie, ils finiraient bien par nous retrouver. Bon, c'est à toi de choisir, je ne veux pas décider à ta place.

En guise de réponse, le petit se glissa lestement dans le coffre, se roula en boule et s'immobilisa. Ils échangèrent un regard et Gabriele se pencha pour l'embrasser sur le front. Puis il referma le hayon.

Il regagna la route côtière et arriva peu après au poste de contrôle. Il y avait quelques voitures devant la sienne, que les douaniers laissèrent passer au ralenti sans les arrêter. Mais lorsque son tour arriva, un policier blond et barbu lui fit signe de s'arrêter en dressant sa palette. Gabriele lui tendit son passeport. Après l'avoir examiné, l'agent lui demanda le motif de son séjour en France. Il répondit qu'il allait faire un tour en Provence. L'homme rejoignit ses collègues à l'intérieur du bâtiment. Le maestro en profita pour allumer une cigarette. Le douanier revint peu après. Il vérifia la plaque d'immatriculation et demanda la carte grise du véhicule, que Gabriele prit dans la boîte à gants. Le jeune homme l'examina avec soin puis se remit à observer la voiture.

– Vous n'avez rien à déclarer ?

– Non.

Ils se turent, les yeux dans les yeux. Puis le policier retourna à l'intérieur de la douane et se remit à palabrer avec deux collègues assis devant un ordinateur. Ils éclatèrent de rire, sans doute à cause d'une plaisanterie que Gabriele n'entendit pas, puis le jeune barbu revint et lui rendit sa pièce d'identité.

– Bon voyage, dit-il poliment.

– Merci, bonne journée, répondit le maestro d'un ton neutre.

Il se remit au volant et démarra. Il était désormais sept heures. Pendant la nuit, un voile de givre s'était déposé sur la vitre, la route et les feuilles des arbres, mais la journée s'annonçait belle. « Changement de saison, premiers signes de l'automne », pensa Gabriele.

Il alluma la radio, tourna le bouton des fréquences et s'arrêta sur une vieille chanson dont il ne se rappelait que quelques mots :

At first flash of Eden, we race down to the sea
Standing there on freedom's shore
Waiting for the sun
Waiting for the sun
Waiting for the sun

Can you feel it, now that spring has come ?
That it's time to live in the scattered sun

Waiting for the sun
Waiting for the sun
Waiting for the sun
Waiting for the sun
Waiting
Waiting
Waiting
Waiting

Puis il se lassa et changea de fréquence. Il tomba sur un bulletin d'information en italien et suivit un débat décousu entre deux hommes politiques et une journaliste au sujet d'un bateau de migrants arraisonné au large de Syracuse. « Nous ne sommes pas contre les étrangers, dit l'un des intervenants à l'autre, nous sommes pour la paix, l'ordre, la sécurité. Des notions qui vous paraissent vides de sens, mais qui sont chères au peuple italien. »

Il éteignit la radio et accéléra. Il eut soudain l'impression irréelle que tout ce qui lui était arrivé jusque-là ne concernait pas sa propre personne, entité singulière, minuscule fragment de l'univers, mais le monde entier. Et que c'était donc le monde entier qui voulait sauver Ciro du châtiment qui l'attendait. Lui-même n'était qu'un auxiliaire, celui qui avait été choisi pour exécuter le mandat de la Sibylle de Cumes.

Son portable sonna. Gabriele fut très surpris de constater qu'il s'agissait d'un appel de Gaudenzi. Il n'avait pas envie de lui parler et coupa le son pour ne plus entendre cette sonnerie insistante. Dans le silence de l'habitacle, il n'entendit plus que sa respiration d'asthmatique. Il ne pouvait certes pas imaginer que son voisin l'appelait pour l'avertir de ce qui s'était passé dans son appartement, où des inconnus s'étaient introduits de nuit pour brûler les livres de sa bibliothèque et son piano (Gaudenzi en personne avait averti les pompiers, qui avaient eu du mal à dompter les flammes).

Au lieu d'entrer en ville, le maestro emprunta la rocade côtière puis une petite route qu'il voyait se perdre le long du littoral rocheux. Il roula jusqu'à un bâtiment désaffecté surplombant la mer.

Il descendit de la Volvo et se dirigea vers le coffre, qu'il ouvrit. Ciro, recroquevillé, lui adressa un sourire incertain qui semblait demander s'ils étaient bien en sécurité. Le maestro l'aida à sortir et ils se regardèrent en silence. Tous deux avaient les larmes aux yeux et le souffle coupé par l'émotion. Ce fut Ciro qui rompit le silence :

– Et maintenant, on fait quoi ?

– Je n'en ai pas la moindre idée, répondit Gabriele à voix basse.

Le garçon s'approcha et lui prit la main. Ils firent deux pas et s'arrêtèrent au bord des rochers pour regarder la mer. Elle était d'une couleur étrange, verte comme la peau d'un lézard.

Soudain, un vieil homme portant une canne à pêche sortit de derrière les rochers. Il s'arrêta pour les détailler avec curiosité.

– Vous êtes des touristes ? demanda-t-il.

– Oui, répondit le maestro d'un ton affable.

L'homme les observa encore un peu et reprit :

– Il y a de très belles choses à voir dans le coin.

– C'est pour ça qu'on est là, commenta Gabriele.

Le pêcheur s'approcha davantage et braqua son regard indiscret sur Ciro :

– C'est votre fils ? s'enquit-il.

– Oui, fit le maestro sans parvenir à réprimer une pointe d'orgueil.

– Un beau petit gars, ajouta l'homme avec une sympathie qui leur sembla sincère. Je vous souhaite *bon voyage.*

Il s'éloigna après un signe de tête oblique. Le maestro et l'enfant le suivirent des yeux jusqu'à ce qu'il eût disparu puis se remirent à contempler la mer. Pendant un instant, ils se perdirent tous deux dans sa majestueuse indifférence. Gabriele fut saisi d'un frisson mais, ne voulant pas lui accorder d'importance, il ferma les paupières et dit :

– Il est temps d'y aller.

Ciro hocha la tête mais ne bougea pas. Une rafale de vent les ébouriffa soudain. Ils se regardèrent et, d'un même élan, s'embrassèrent dans une étreinte désormais libérée des freins de la prudence ou de la retenue. Une seule pulsation les maintint soudés pour célébrer une familiarité qui n'avait rien à voir avec les liens du sang, juste avec la frénésie irresponsable des battements de cœur.

Quand ils finirent par se détacher, Ciro eut l'impression que sa vessie allait éclater. Sans rien dire, il courut vers le bâtiment et se cacha derrière un pilier pour uriner.

Le maestro eut à peine le temps de reconnaître, dans la brise qui l'enveloppait, l'enchantement de la plénitude et de l'étourdissement lorsqu'il entendit quelqu'un derrière lui prononcer son nom :

– Gabriele Santoro.

Une voix qu'il n'identifia pas sur le moment mais qui lui était familière. Il ne bougea pas tout de suite, s'accorda de temporiser un peu et pensa à la prédiction de la Sibylle.

– C'était donc moi, le gage, murmura-t-il.

Lorsqu'il se retourna, il se retrouva face à Diego, dont le visage aux traits figés, comme sculptés, affichait une moue indécise.

– Il est où, Ciro ? demanda celui-ci d'une voix presque féminine.

Ses yeux balayèrent le paysage en quête de l'enfant, puis il fit signe à quelqu'un qui se dissimulait derrière un rocher. La silhouette de *'o chiatto* apparut aussitôt. Pendant un instant très long, le maestro vit les deux hommes s'interroger du regard, puis il entendit de nouveau la même question :

– Il est où, Ciro ?

Après un nouveau silence, le son irréel de la détonation résonna dans la baie et le maestro comprit qu'une première balle l'avait touché à l'épaule. Tandis qu'il s'effondrait sur le sol, il eut l'instinct de saisir son arme, mais ils ne lui en laissèrent pas le temps. Le second projectile l'atteignait déjà à la tête. À ce moment fatidique, il revit son père marcher dans la forêt à l'aube et chercha Ciro du regard. Ce dernier escaladait rapidement le sentier derrière le bâtiment, le maestro ne pouvait pas le voir, mais il était certain que l'enfant, avant de disparaître derrière la crête rocheuse, se retournerait pour le saluer. Ce qui se produisit en effet, mais dans le feu d'une action si rapide qu'il était impossible de cueillir l'instant. Étendu sur le gravier, désormais sans force, le maestro n'eut même pas le temps d'élaborer le sentiment ineffable de la fin, de focaliser ce point flou où l'on passe imperceptiblement du fracas de la vie au silence de la mort.

Tandis que Diego et *'o chiatto* couraient en tous sens parmi les rochers, il eut la certitude que Ciro se sauverait, ce qui lui suffisait. Il ferma les yeux et s'arrêta pour percevoir les vibrations les plus infimes de son esprit, subjugué par la netteté à laquelle ces moments le livraient.

– « Si je ne devais pas revenir, sachez que je ne suis jamais parti. »

Ses lèvres murmurèrent ce dernier fragment de poésie, puis se refermèrent sur un tremblement et se turent à jamais.

Nous travaillons, vertueusement,
pour ceux qui viendront après nous.

Constantin Cavafis

18

La femme le prévint qu'elle était porteuse de mauvaises nouvelles puis mentionna avec prudence un crime perpétré dans une ville frontalière française en précisant qu'un de ses proches était impliqué.

Le magistrat ne commenta pas tout de suite. Il parcourut en pensée la liste des êtres les plus chers à son cœur puis argumenta, en prenant soin de bien prononcer chaque syllabe :

– Il doit y avoir erreur sur la personne, aucun de mes proches ne se trouve en France en ce moment. Pouvez-vous me dire qui vous a fourni mon nom ?

Il posa cette question sur un ton agressif, tempéré toutefois par une nuance de malaise affecté et ostentatoire.

– Croyez-moi, ajouta-t-il pour s'excuser, la nouvelle que vous m'annoncez ne me laisse pas du tout indifférent.

Sans perdre son calme, la femme répondit que c'était un enfant qui lui avait donné son numéro.

– Un enfant ? répéta Renato, surpris.

– Oui, un enfant, confirma Isabelle Ledoux, juge d'instruction à Menton.

Le magistrat éloigna son portable de son oreille et regarda par la fenêtre. Dans la cour, un groupe de collègues se perdaient en bavardages – futiles, selon toute vraisemblance. Il observa pendant quelques instants leurs visages détendus puis rapprocha avec lenteur le téléphone de sa joue et dit :

– Je ne connais aucun enfant susceptible de vous avoir fourni mon numéro.

La femme, percevant que l'arrogance de son interlocuteur reprenait le dessus, changea à son tour de ton :

– Si nous avons cette conversation, ça veut bien dire que quelqu'un l'a fait, rétorqua-t-elle avec une logique implacable. Vous ne croyez pas ?

Le magistrat pâlit et s'arrogea un autre moment de réflexion, qu'Isabelle Ledoux lui accorda patiemment. Dans le cadre de son travail, elle avait maintes fois fait l'expérience du bénéfice d'une pause et savait en tirer parti.

Perdu dans un labyrinthe d'émotions contradictoires, Renato aligna une ribambelle de mots sur la feuille de papier qui se trouvait devant lui. Toujours le même, en réalité : ENFANT ENFANT ENFANT ENFANT. Puis il demanda qui était la victime.

– Votre frère, Gabriele Santoro, répondit la femme.

D'un geste automatique, le magistrat porta sa main à ses cheveux et ressentit une douleur lancinante entre les côtes, un choc qui, en une fraction de seconde, parcourut son corps entier et le laissa exténué. Quand l'étau se desserra un peu, il demanda :

– Que voulez-vous que je fasse ?

– Que vous veniez ici rencontrer l'enfant.

– J'ai le choix ?

Isabelle Ledoux pensa que cet homme s'infligeait une peine qu'il aurait pu s'épargner.

– À votre avis ? répondit-elle.

Il y eut un long silence, puis le magistrat dit :

– Je serai là demain matin. Je vous ferai savoir l'horaire de mon vol.

– Je vous en suis très reconnaissante, commenta-t-elle d'un ton sobre.

Ils coupèrent court.

De retour chez lui, Renato annonça la nouvelle à sa femme et appela son père, mais sa voix lui parut plus lasse qu'à l'accoutumée, si bien qu'il préféra ne rien lui dire et le laissa parler de la pluie et du beau temps. Après avoir raccroché, il prépara sa valise. Il le fit calmement, avec cette méticulosité obsessionnelle qui l'avait rendu célèbre dans son cabinet.

Il se coucha tôt et rêva de la fois où, enfant, il avait passé toute la nuit à jouer aux cartes avec son frère sur la terrasse de la maison de Procida. Il faisait froid, mais ils avaient continué jusqu'à l'aube sans y prêter garde. Ils s'étaient levés aux premières lueurs du jour et, sans savoir pourquoi, s'étaient longuement étreints.

Le magistrat se réveilla en sursaut, angoissé. Il se tourna vers sa femme endormie et se consola à l'idée que le temps n'avait pas réussi à altérer leur amour. Il se demanda pourquoi la magie de la durée n'avait pas opéré avec son frère. Leur affection s'était peu à peu desséchée et avait fini par se tarir. Inerte, plate, elle était morte.

Renato alluma sa lampe de chevet et se perdit en pensée dans l'examen méticuleux de ses controverses avec Gabriele, explorant avec précaution le couloir étroit des multiples occasions manquées, jusqu'au moment où il finit par se rendormir.

Le lendemain, devant la morgue de Menton, il remarqua en se mouchant qu'il saignait du nez, ce qui ne lui était pas arrivé depuis fort longtemps – depuis son enfance, pour être exact.

Lorsqu'il se retrouva devant le cadavre de son frère, couvert d'une lugubre pellicule de plastique vert, il eut un malaise. L'employé approcha une chaise puis, après s'être assuré qu'il s'était remis, le laissa seul.

La juge d'instruction lui avait lu l'acte de décès au téléphone. Mais maintenant qu'il était face à son frère mort, le magistrat se dit qu'il avait eu tort de rejeter son appel à l'aide. Il chassa vite cette pensée importune. « La mort est sacrée, se dit-il, mais les dépouilles sont peu de choses, un rien avec lequel il est difficile de pactiser. » Au bout de quelques minutes, il se leva et quitta la pièce.

La gendarmerie était assez loin, mais il se réjouit de pouvoir se dégourdir les jambes. Il était trois heures et les rues de la ville étaient désertes. Il finit par arriver devant le bâtiment austère couronné d'un toit en ardoise. Il monta au deuxième étage, parcourut un couloir et se présenta devant Isabelle Ledoux. Ils échangèrent une poignée de mains. Elle lui demanda s'il avait fait bon voyage, il répondit que le vol lui avait paru interminable. Ils se jaugèrent en silence. Lorsque le malaise devint tangible, la femme l'entraîna jusqu'à la porte du bureau voisin et lui dit :

– Il est là.

Puis elle s'éloigna.

Il entra dans une pièce en désordre et trouva l'enfant assis sur une chaise, les yeux baissés et les jambes ballantes. Lorsque Renato focalisa son regard sur lui, le souffle lui manqua, et sa première réaction fut de s'arrêter à distance. Le garçon profita de cet intervalle pour le dévisager, dans une attitude d'attente sereine, lui sembla-t-il. Le magistrat finit par prendre son courage à deux mains et le rejoignit. Une fois près de lui, il s'agenouilla et le regarda en face. Il le trouva objectivement beau, ce qui le surprit.

– Salut, dit l'enfant sur un ton inhabituel pour son âge.

– Salut, Ciro, répondit Renato en se souvenant du nom mentionné par Isabelle Ledoux.

– Gabriele, il m'a conseillé d't'appeler s'il lui arrivait un truc. Il était sûr qu'tu m'aiderais.

L'enfant, bouleversé, avait parlé d'une traite.

– Comment je peux t'aider? demanda Renato.

À ce moment précis, il eut l'impulsion de lui prendre la main. Mais l'enfant, d'un geste furtif, tira un billet de la poche de son pantalon et le lui remit. Renato, surpris, jeta un rapide coup d'œil sur le mot et reconnut l'écriture de Gabriele. Il fut frappé de pouvoir dialoguer encore avec son frère.

– Excuse-moi un moment, dit-il, en proie à l'émotion.

Il se retira dans un coin de la pièce pour lire le billet, composé uniquement de la célèbre phrase d'Antigone: «Je ne suis pas née pour haïr, mais pour aimer.» Renato la lut et relut en essayant de renouer le fil interrompu de sa dernière conversation avec Gabriele. «Apaise le conflit entre la loi et l'amour»: telle était, une fois de plus, la requête de son frère, qui lui arrivait de l'autre côté d'un fossé infranchissable.

Renato demanda les toilettes. On l'escorta le long d'un couloir jusqu'à une pièce d'eau où le magistrat, après s'être aspergé le visage, put observer sa lugubre fatigue dans le miroir. Face à son reflet, il se vit sous les traits du vieil homme qui regarde en arrière d'un célèbre tableau où Titien fait le portrait de la vertu de la prudence, qu'il décompose en trois visages. «Oui, la justice est *iuris prudentia*, pensa-t-il. Moi, du moins, j'ai toujours respecté ce précepte. Mais ici, c'est autre chose qui est en jeu, que je ne peux pas éluder. Si je le faisais, je n'exaucerais pas le vœu de mon frère et je le tuerais une seconde fois. Je suis pris au piège. Gabriele m'a pris au piège.»

Lorsqu'il rejoignit l'enfant, il le trouva rongé par le doute et la douleur. Du moins, c'est ce qu'il lui sembla.

– T'as décidé quoi ? lui demanda Ciro d'un air soucieux.

– Je vais t'aider, répondit Renato sur un ton assuré. Mais il faudra me raconter tout ce qui s'est passé, sans rien laisser de côté.

– Et ma mère, qu'est-ce qui va lui arriver ?

– C'est la justice qui tranchera.

Ils échangèrent un long regard, comme si leurs yeux pouvaient parfaire les derniers détails d'un accord complexe, plein de clauses et de subtilités. Puis le magistrat le prit par la main et ils s'éloignèrent lentement.

Références des textes cités

Elias Canetti, *Le Collier de mouches*, Paris, Albin Michel, 1995, « Les Grandes Traductions » (trad. Walter Weideli).

Tous les poèmes de Constantin Cavafis sont tirés de *En attendant les barbares et autres poèmes*, Paris, Poésie/Gallimard, 1999 (trad. Dominique Grandmont).

T. S. Eliot, « Little Gidding », in *Quatre Quatuors*, Paris, Seuil, 1950, « Le Don des langues » (trad. Pierre Leyris).

Pour les citations de *La mer ne baigne pas Naples* d'Anna Maria Ortese : Paris, Gallimard, 1993, « Collection du monde entier » (trad. Louis Bonalumi).

CET OUVRAGE A ÉTÉ ACHEVÉ D'IMPRIMER
SUR ROTO-PAGE
PAR L'IMPRIMERIE FLOCH À MAYENNE
EN MARS 2021

N° d'édition : 562. N° d'impression : 98014
Dépôt légal : avril 2021
Imprimé en France